Helmut Dewitt

AF194314

Hotel Kukuweia
Ein Pensionär startet durch!

Für meine Familie!

Griechenland: weiße Schaumkronen auf blauem Meer, weiße Häuser unter blauem Himmel im Sonnenschein, grüne Berghänge, stille Buchten, gastfreundliche Menschen, Tempel, Theater, Museen, Cafés und Tavernen! Vorsicht: Wer all dies einmal erlebt hat, wird süchtig und kann nicht anders, er kommt immer, immer wieder! Griechenland!

Helmut Dewitt

Hotel Kukuweia

Ein Pensionär startet durch!

Bibliografische Information der Deutschen Nationalbibliothek:
Die Deutsche Nationalbibliothek verzeichnet diese
Publikation in der Deutschen Nationalbibliografie;
detaillierte bibliografische Daten sind im Internet über
http://dnb.dnb.de abrufbar.

Herstellung und Verlag:
BoD – Books on Demand, Norderstedt

ISBN: 9 783755 739494

Prolog

Παναγια μου! Heilige Muttergottes! Hilf mir, hilf mir! Was hab´ ich bloß verbrochen? Mist! Mist! Alles Mist!

Was für ein Leben! Frau weg, Kinder weg, Eventmanager mit bulgarischem Zimmermädchen abgehauen, Hotel mit mehr Ausgaben als Einnahmen, von Gästen keine Spur! Was ist bloß los? Sind doch genug Urlauber hier! Was stimmt nicht? Ich glaub, ich werde noch verrückt!

Und zu allem Übel auch noch die Steuererklärung einreichen! Als ob Griechenland sich von meinem Gewinn – haha! – sanieren könnte. Ich bin doch genauso pleite wie du, geliebtes Griechenland! Bei uns beiden ist nix zu holen!

Verstehe den ganzen Steuerkram überhaupt nicht! Φορολογική δήλωση! Heißt wohl „Steuererklärung" oder sowas Ähnliches. Bleibt mir wohl nichts anderes übrig, als mich dranzugeben. Obwohl – so schnell wird man hier wegen ausstehender Steuerzahlungen nicht eingelocht. Oder gilt für die kleinen Sünder vielleicht nicht dasselbe, was für die großen Sünder gilt?

Dabei habe ich in Deutschland schon über meine Steuererklärung geschimpft. Wer die Formulare erfunden hat, gehört hinter Gitter! Allein Bezeichnungen wie 2019ESt1A011 oder 2019AnlVor241! Da weiß doch jeder Steuerpflichtige gleich Bescheid, was er reinschreiben soll. »Soweit die Zeile 70 mit "Ja, insgesamt" beantwortet wird, sind Eintragungen in den Zeilen 71, 72, 74 und 76 nicht vorzunehmen. Bei „Ja, teilweise" sind Eintragungen in diesen Zeilen nur für die mit dem eigenen oder zur Nutzung überlassenen privaten Fahrzeug durchgeführten Fahrten vorzunehmen.<< Na, dann ist ja alles klar! Fragt sich nur, was ich mit den Zeilen 73 und 75 machen soll? Vielleicht hätte ich Steuerberater statt Lehrer werden sollen. Ist mit Sicherheit ein gut bezahlter und auf jeden Fall zukunftsreicher Beruf. Werbewirksames Motto: >>Wir sind für Sie da!<< Ausfüllen muss man den Schwachsinn ja sowieso, und als Lohn für die gehorsame Erfüllung seiner Pflicht darf man dann auch noch Steuern nachzahlen! Immerhin konnte ich die Fragen in der deutschen Steuererklärung ja wenigstens noch sprachlich, wenn auch nicht ihrem Sinn nach verstehen. Und hier: Hieroglyphen, Hieroglyphen! Εισόδιμα – Δαπάνη! Wenn wenigstens Maria hier wäre, um mir zu helfen! Aber die ist ja auch weg! Ich glaube, ich muss mal an die Luft, raus auf den Balkon.

Das tut immerhin noch gut, die vielen Kinder im Wasser spielen zu sehen. Und ihre Mamis, auch nicht schlecht!

Hör auf, Klaus! Fängst du schon wieder damit an? Du weißt doch, wohin das geführt hat! Schau dir statt der Frauen lieber das Schiffchen an, das gerade Richtung Thessaloniki fährt.

Müsste ich auch mal wieder mit zum Boulevard fahren. Herrlich, den Wind zu spüren, das Salz zu riechen und Thessaloniki immer näher kommen zu sehen, den neu gestalteten Hafenbereich, den Weißen Turm, die Menschen auf der Promenade. Und „Panorama", den noblen Stadtteil, im Sonnenschein an den Hang geschmiegt. Klar, dass hier die Schönen und Reichen wohnen: herrlicher Blick und volle Sonne, bis sie spät am Abend untergeht. Aber da muss ich gar nicht leben. Der Strand, die Tavernen und die Märkte hier in Peraia reichen mir. Wie schön könnte das alles sein! Mensch, warum hast du mich verlassen, Kerstin? Ist doch gar nichts passiert! Wirklich nicht! Warum glaubst du mir nur nicht?

Ist ja eh egal! Du bist weg und ich sitze hier und soll eine Steuererklärung für ein leerstehendes Hotel ausfüllen. Schwachsinn! Bürokratie hoch drei!

Und die verfluchte Klimaanlage musste natürlich auch gerade jetzt bei der Hitzewelle ausfallen. Was noch? Vielleicht ein Tornado oder ein Erdbeben? Ob die Versicherung dann wenigstens bezahlt? Welche Versicherung denn? Haben wir uns doch gespart: >>Wird schon nichts passieren!<< Na ja, in der Hinsicht ist ja auch nichts passiert. Und das Zusammenleben kann man eh nicht versichern.

Ich glaub, jetzt brauch ich erst mal 'nen Ouzo! Oder vielleicht besser doch nicht, ist ja erst halb zwei. Ich hau mich aufs Bett und schlaf was, wenn's bei der Hitze geht. Vielleicht gibt's ja noch ein Wunder. An Wunder glauben ja gerade hier in Griechenland genügend Leute.

Η αγάπη είναι ένα θαύμα! - Die Liebe ist ein Wunder! Na, wunderbar! Hat aber bei mir wohl nicht geklappt.

Puh! Diese Hitze! In Deutschland freuen die sich jetzt über 24 Grad. Super! Und ich, was mach ich hier? 38 Grad im Schatten! Draußen! Hier drinnen sind´s bestimmt noch mehr! Von wegen >>Mit einer Klimaanlage von „Eisbär" brauchen Sie sich keine Sorgen mehr über Hitzewellen zu machen. Wir sind für Sie da. Genießen Sie das Leben unter südlicher Sonne in kühlen Räumen!<< Bitte was? Genießen? In kühlen Räumen? Witz, komm raus! Die Hitze scheint auch der Klimaanlage nicht zu bekommen, sonst würde sie vermutlich ihren Geist nicht aufgegeben haben. Und dem Kundendienst ist es anscheinend auch zu heiß, jedenfalls ist niemand zu erreichen.

An Schlafen ist überhaupt nicht zu denken. Wie bin ich überhaupt in diese Scheißsituation gekommen? Nicht drüber nachdenken! Oder doch? Lässt mich ja doch nicht los! Was war ich bloß für ein Idiot? War doch alles wunderbar, unsere Träume waren keine Träume mehr, sondern Wirklichkeit geworden. Wunderschöne Wirklichkeit! Kerstin und Klaus, ein Rentnerpaar im Paradies!

Na, dann lassen wir Klaus mal in seinen Träumen in die Vergangenheit versinken, in seine Erlebnisse der letzten Jahre. Und lassen wir ihm Zeit, viel Zeit, schließlich haben wir auch Zeit genug, von all dem zu erfahren, was ihm Schönes, was ihm im wahrsten Sinne Wunderbares widerfahren ist. Aber so, wie er jetzt drauf ist, war es ja wohl nicht nur Positives, sondern er muss auch so manchen Niederschlag erlebt haben. Auch darüber wollen wir natürlich all das erfahren, was Klaus uns vielleicht verschweigen will, aber nicht verschweigen kann. Ja, auch an seinen geheimsten Gedanken wollen wir teilhaben! Ach, Klaus! Mein Alter Ego!

*Ich bin Klaus! Klaus ist ich! Klaus´ Erlebnisse sind meine Erlebnisse, meine Erlebnisse sind Klaus´ Erlebnisse. Und doch nicht alle! Was Klaus denkt, erfährt, macht, erlebt, ist nicht mein Leben. Mein Leben ist nicht Klaus´ Leben. Mal sind es meine wirklichen Erfahrungen, mal Erlebnisse, welche gerade nur in meinem Kopf stattfinden. Meine Gegenwart im Kopf wird Klaus´ Vergangenheit. Manchmal auch Klaus´ Gegenwart. Wichtig ist, dass ihr, die Leser, nicht unterscheiden könnt, was wirklich geschieht, was wirklich geschehen ist und was nur in meinem Kopf geschieht und so nur Klaus´ Geschichte ist. Vor allem sollte jedoch alles tatsächlich so geschehen sein **können**, sowohl dasjenige in meinem Kopf als auch dasjenige in Klaus´ Kopf und dasjenige in Klaus´ Leben.*

Schluss mit solchen Überlegungen! Tauchen wir ein in Klaus´ Träume und Gedanken. Denn dies ist Klaus´ Geschichte, Klaus´ Leben. Ich ziehe mich noch einmal zurück in die Vergangenheit, um Klaus´ Geschichte live mitzuerleben. Also, los geht´s!

1

Wie hat das alles nur begonnen?
Kerstin und ich auf der Suche nach einer Ferienwohnung in Griechenland, mit dabei unsere Freundin Maria, Kerstins Lehrerin für Griechisch an der Volkshochschule. Inzwischen war Maria im Ruhestand und wohnte in Thessaloniki. Aber selbst ihre Hilfe konnte uns zunächst nicht all die Enttäuschungen bei der Suche nach der Wunsch-Wohnung ersparen. Was für Objekte waren uns vorgeführt worden! Unglaublich! Und dann waren wir plötzlich doch noch fündig geworden: eine Wohnung direkt am Meer in Peraia, nahe dem Flughafen von Thessaloniki. Aber unter welchen Umständen hatte sich der Kauf vollzogen! Hinhalten der Besitzerin, Terminverschiebungen bei der Notarin, Hindernis über Hindernis bei der steuerlichen Anmeldung, dem Vertragstext, der Bezahlung in Form von Bargeld, der Ummeldung von Strom und Wasser, der Bestellung und Lieferung der Möbel … und … und … und … dann war es doch soweit, Marias Hilfe sei Dank: Wir waren stolze Besitzer der Wohnung, konnten zwar erst drei Monate später im Frühjahr dort einziehen, aber was sollte es? Auf die drei Monate kam es nicht an. Wie waren noch unsere letzten Worte:

>>Jetzt geht es zurück nach Deutschland, aber bald … bald werden wir wiederkommen! Die Sonne wird scheinen! Es wird warm sein! Das Meer wird glitzern! Abends werden die Lichter von Thessaloniki

zu uns herüber leuchten! Die gemütlichen Tavernen werden uns mit ihren Düften anlocken! Die Wohnung wird gemütlich eingerichtet sein! Wir werden Strom haben! Wir werden Maria, ihre Familie und weitere Freunde hier haben! Vor allem: Wir werden uns wohlfühlen! Wir werden Freude an dem Leben in blau-weißen Farben unter südlicher Sonne haben! Γειά χαρά, Ελλάδα! Θά ξαναϊδωθούμε! – Tschüss, Griechenland! Wir kommen wieder. Bis bald!<<

Und wir waren wiedergekommen, alles hatte sich so erfüllt, wie wir es uns erträumt hatten. Und vor allem: Wir hatten uns, Kerstin und ich! Und heute? Kerstin weg, Träume ausgeträumt, und ich alleine in einem leeren Hotel vor dem Konkurs.

Wie es dazu gekommen ist? Gar nicht so einfach, das zu erklären!

Na, komm schon Klaus! Du musst der Wahrheit ins Auge blicken. Was ist geschehen?

Was geschehen ist? Die ersten Wochen waren einfach traumhaft. Wir genossen den Frühling am Meer, wanderten Stunde um Stunde den Boulevard entlang, ließen uns in den Strandcafés unseren Cappuccino servieren und begeisterten uns immer wieder an dem Blick auf die Bucht und die Silhouette Thessalonikis. Alles schien perfekt. Und da alles so perfekt war, beschloss ich, mich auch meinem seit Jahren vernachlässigten Hobby, dem Angeln, noch einmal zu widmen. Weshalb auch nicht? Ich hatte Zeit, das Meer lag direkt vor meinen Füßen und frischer Fisch ist ja so gesund! Mit dem Argument konnte ich natürlich auch Kerstin überzeugen. Allerdings verzichtete sie darauf, mich zu begleiten, sie bevorzugte da doch lieber die Lektüre eines spannenden Buches auf der Strandliege. Und so machte ich mich auf, den kleineren und besonders den größeren Fischen das Fürchten zu lehren.

Nicht das kleinste Wölkchen am Himmel, nur geradezu strahlendes Blau, das mit der Farbe des Meeres zu wetteifern schien. Überhaupt das Meer! Spiegelglatte Oberfläche, nur ab und zu durchbrochen von hunderten kleinen Fischchen, die ihre Rettung vor dem sie verfolgenden Raubfisch durch einen Sprung über die Wasseroberfläche erhofften. Doch nur Sekundenbruchteile später tauchten sie wieder ein, für einige von ihnen eine letzte Rückkehr in das ihnen zugedachte Element. Und kurze Zeit später wiederholte sich das Schauspiel – einmal, zweimal, immer wieder!

Eine perfekte Szenerie für mein Vorhaben, mich nach Jahren der Abstinenz noch einmal dem früher so geliebten Angeln zu widmen. Aber wenn schon, dann so, wie ich es bei den Einheimischen beobachtet hatte. Das bedeutete zunächst einmal die Suche nach den winzigen Würmchen - σκουλήκια – aufzunehmen. Also nah der Wasserlinie auf die Knie und mit der mitgebrachten Maurerkelle und den Händen den Sand aufwirbeln, um die rosa schimmernden, meist nur einen Zentimeter langen Würmchen aufzuspüren. Fünf Minuten, zehn Minuten, zwanzig Minuten – nichts! Das durfte doch nicht wahr sein! Also noch einmal bei der älteren Dame mit der Zigarette im Mundwinkel - wer von uns war eigentlich älter? – in die Lehre gehen. Oft genug hatte ich sie ja in den letzten Tagen beobachtet, war also sozusagen ins Trainingslager gegangen, hatte mein Vorhaben minuziös vorbereitet. Schnell klärte sich, was ich falsch gemacht hatte. Aha, zu weit oben gesucht! Nächster Versuch, ein Stückchen weiter unten. Und tiefer aufwirbeln, wie mir vom Profi vorgemacht wurde. Und dann … tatsächlich krümmten sich gleich drei Würmchen in dem von mir aufgewirbelten Sand, als das Wasser wieder klar wurde. Weiter! Schon wieder waren mehrere Tierchen freigespült! Learning by doing, fast wie in der Schule! Eine knappe Viertelstunde später hatte ich genügend Köder, um nach dieser Exposition, der Einleitung, zum zweiten Akt meines Vorhabens zu kommen, der Materialzusammenstellung, dann zum Höhepunkt im dritten Akt, dem Fang der Fische. Natürlich hatte ich auch den vierten Akt, die Säuberung und Zubereitung der Fische, sowie als fünften Akt den genussvollen Verzehr der Mahlzeit fest eingeplant. Wie ich bald feststellen sollte, hält sich die Wirklichkeit jedoch nicht immer an den klaren Aufbau des klassischen Dramas. Klassisches Drama! Zumindest dieser Begriff sollte sich jedoch bald bewahrheiten.

Wie gesagt: Wenn schon Fischfang, dann auf die Weise, wie ich dies bei den Einheimischen beobachtet hatte. Also Verzicht auf die meterlange Rute mit Rolle und schwerem Blei am Ende der Schnur, um den Köder in möglichst weite Entfernung vom Ufer zu katapultieren. Dies schien auch gar nicht notwendig, hatte ich doch beim Baden im glasklaren Wasser genügend Fische nur wenige Meter entfernt vom Sandstrand schwimmen sehen. Und genau diesen sollte nun meine Aufmerksamkeit gelten. Um die kurze Distanz vom Strand zu den Fischgründen zu überbrücken, reichte das leichte Material, welches ich mir in einem Fachgeschäft besorgt hatte, allemal: eine im Durchmesser etwa zehn Zentimeter breite Spule, welche mit dünner Angelschnur, winzigem Haken und einem nur wenige Gramm schweren Blei am Ende bestückt war.

Los ging's! Würmchen auf den Haken aufziehen, Schnur mit Blei, Haken und Köder in die rechte Hand nehmen, Spule schräg halten, mehrmals mit der rechten Hand kreisen und … loslassen! Na ja, so nah am Ufer hatte ich doch noch keine Fische gesehen! Neuer Versuch. Los! Doch so hoch musste ich Blei und Köder wirklich nicht schleudern, vor allem, wenn beides danach nicht mal im Wasser, sondern auf dem Sand landete! Wie war das noch? Learning by doing! Und sieh an, beim ungefähr zwanzigsten Versuch flog mein Köder endlich an die gewünschte Stelle. Nun hieß es warten, dabei den Zeigefinger immer in Kontakt mit der gestrafften Schnur halten, um auch den leichtesten Biss zu spüren. Und richtig, nach einem weiteren Dutzend von Versuchen war diesmal nicht nur der Köder abgefressen, sondern am Haken hing doch tatsächlich ein Fisch. Na ja, eher ein Fischchen, aber immerhin! Vorsichtig vom Haken lösen und wieder zurück ins Wasser setzen. In den nächsten zwei

Stunden wiederholte sich der Vorgang noch drei Mal. Da ich allerdings nicht vorhatte, aus den Winzlingen Fischsuppe zuzubereiten, entließ ich auch diese wieder ins Meerwasser, nicht ohne die Hoffnung, sie in zwei, drei Jahren noch einmal wiederzutreffen. Für solche Freilassungsaktionen haben allerdings die Einheimischen wenig Verständnis. Wenn es sich nicht gerade um Fischlein handelt, welche kaum die Größe des kleinen Fingers erreicht haben, kann man die Beute doch mit nach Hause nehmen, schließlich machen viele kleine Fischchen genauso satt wie ein großer Fisch. Zudem gibt es sie auf dem Wochenmarkt auch zuhauf in dieser Größe zu kaufen.

Ich aber hatte Größeres vor! Jetzt sollten die Einheimischen doch mal sehen, zu was ein Gastangler imstande ist. Schließlich hatte ich an der Nordsee schon ganz andere Kaliber gefangen, wenn auch vor gefühlten zwanzig Jahren. Also löste ich Blei und Haken von der Schnur, suchte aus meinen Angelmaterialien, welche ich aus dem heimischen Keller in Deutschland nach Griechenland transportiert hatte, einen um mehrere Nummern größeren Haken und vor allem ein deutlich schwereres Blei und befestigte beides an der Schnur auf meiner Spule.

>>Jetzt sollt ihr mal sehen, was sich mit weitem Wurf und einem Knäuel von Würmern auf einem Haken der Größe sechs für Fische fangen lassen. Ihr werdet Augen machen! <<, sprach ich in Gedanken die nicht vorhandenen Zuschauer an. Dann Aufstellung am Ufer, Spule schräg halten, das Blei am Ende der Schnur kreisen lassen, nochmal und nochmal, dann

loslassen und … »Aua, aua!«, schrie ich, nun nicht mehr in Gedanken, sondern reichlich laut. Und dann folgte eine Tirade von Flüchen, als ich sah, dass der Angelhaken - natürlich samt Widerhaken! – tief in meinem rechten Daumen steckte.

Über ähnliche Angelunfälle hatte ich bisher immer nur den Kopf geschüttelt und über den Betroffenen mitleidig, leicht hämisch gelächelt. Schließlich konnte so etwas nur solchen Anglern passieren, welche sich äußerst ungeschickt angestellt hatten. Mir doch nicht! Dazu fiel mir ein Vorfall vor Jahren ein, als ein etwa zehnjähriger Junge auf den Campingplatz gestürmt kam und lauthals verkündete: »Papa hat drei Makrelen gefangen und Mama hat einen Haken im Bein! « Meine Reaktion? Kopfschütteln. Wie kann man nur so dumm sein, sich hinter einem auswerfenden Angler zu positionieren? Und wie kann man nur so dumm sein, beim Auswerfen nicht hinter sich zu blicken? Und jetzt? Wie kann man nur so dumm sein, sich den Haken in den eigenen Daumen zu werfen? Gott sei Dank war niemand direkt in der Nähe, um meine Aktion mit Kopfschütteln zu kommentieren, und mein Schrei war wohl doch nicht so laut gewesen, dass jemand sich genötigt sah, einen Notruf abzusetzen. Aber was tun?

Dass man einen Angelhaken nicht einfach herausziehen kann, war mir bewusst, soweit reichten meine professionellen Kenntnisse noch. Der Widerhaken würde unweigerlich zu schlimmeren Verletzungen führen, welche sich dann auch noch leicht entzünden konnten. Also blieb keine andere Möglichkeit, als einen Arzt zu Rate zu ziehen. Und das mit meinen rudimentären Kenntnissen der griechischen Sprache! Kerstin anrufen, damit sie mich begleitete? Auf keinen Fall! Auf gar keinen Fall! Ihr Kopfschütteln und die begleitenden Kommentare musste ich jetzt wirklich nicht noch haben! Mir reichte der Haken in meinem Finger. Also alleine los, um einen Arzt zu suchen. Aber zunächst mal den Haken von der Schnur lösen, alles mit Links einpacken und ab ins bereitstehende Auto, starten und mit hochgehobenem Daumen das Lenkrad umfassen. Sah sicherlich cool aus, ähnlich dem beim Chatten häufig verwendeten Emoticon, um zu zeigen, dass alles klar, alles super ist. Gar nichts war super! Aber Daumen nach unten machte sich beim Lenken nicht so gut.

Die wenigen Kilometer zum Nachbarort waren schnell geschafft, und schon suchten meine Augen den mir bekannten griechischen Begriff für Arzt - Ιατρός. Kurze Zeit später entdeckte ich ihn neben einigen anderen Schildern an einer Haustüre. Die Buchstaben vorweg interessierten mich nicht, ich lenkte meinen Wagen mit erhobenem Daumen locker in die Parktasche direkt vor dem Haus, stieg die Treppe zum zweiten Stockwerk hoch, klingelte, wurde eingelassen, zeigte mangels entsprechender griechischer Sprachkenntnisse einfach meinen erhobenen Daumen und wartete auf die Reaktion der vor mir stehenden Ärztin. Die kam auch prompt auf ähnliche Weise, nämlich indem sie bei geöffnetem Mund auf ihre Zähne und den Behandlungsstuhl zeigte. Eine

Zahnärztin! Also waren die Buchstaben vor dem griechischen Wort für „Arzt" doch von Bedeutung.

Dann jedoch wechselte die Dame auf die Sprache als Kommunikationsmittel, und zwar auf eine mir bekannte. Sie sagte in fast akzentfreiem Deutsch, dass ich bloß nicht versuchen solle, den Haken aus dem Finger zu ziehen, das führe unweigerlich zu schlimmeren Verletzungen. Wie ihre Ratschläge doch meinen Gedanken glichen! Dann erklärte sie, dass ihr Mann ebenfalls Arzt sei, Arzt für Allgemeinmedizin, und dass sie ihn informieren werde.

>>Keine Angst, er wird gleich hier sein, seine Praxis ist direkt im Nebenhaus<<, fuhr sie fort.

Auf meine Frage, wo sie so gut Deutsch gelernt habe, erfuhr ich, dass sie in Deutschland an verschiedenen Universitäten studiert hatte. Wiedermal eine griechische Staatsbürgerin, welche von ihrer „deutschen Vergangenheit" berichten konnte. Ich fragte mich, ob es überhaupt Griechen über 40 gab, welche nicht eine Zeit lang in Deutschland gearbeitet und gelebt hatten? Nach wenigen Augenblicken erschien sie wieder.

>>Mein Mann holt nur die geeigneten Instrumente, dann sind Sie den Haken gleich los. <<

Ich setzte mich in den mir angebotenen Stuhl und betrachtete die Fotografien an den Wänden, welche eindeutig die Fassaden der Häuser auf Santorini zeigten: Weiße Häuser, blauer Himmel, blaues Meer im Hintergrund! Trauminsel in der Ägäis.

Es dauerte nur wenige Minuten, da erschien mein vermeintlicher Retter mit einem von mir eindeutig als Arzttasche identifizierten Gegenstand unterm Arm, dazu einen Werkzeugkoffer in der rechten Hand. Anscheinend hatte ich ihn bei einer handwerklichen Tätigkeit überrascht. Aber warum brachte er dann sein Werkzeug mit nach hier? Das sollte ich schon bald erfahren. Zunächst betrachtete er meinen hakengespickten Finger, öffnete die Arzttasche, zog eine Spritze auf und entleerte sie in meinem Daumen.

Dabei fragte er in nicht ganz so perfektem Deutsch: >>Wie sein versichert?<< Er schien offensichtlich einige Semester weniger in Deutschland studiert zu haben als seine Ehefrau.

Auf meine Antwort, dass ich privat versichert sei, ließ er ein leichtes Pfeifen zwischen den Lippen ertönen, atmete dann hörbar auf und sagte nur: >>Sehr gut! Das sehr gut!<<

Ich dachte gerade daran, wie hoch die Rechnung wohl ausfallen und was meine Krankenkasse dazu sagen würde, da wurde ich davon abgelenkt, dass der „Doc" meinen Daumen und den darin befindlichen Haken ergriff, dann beides mit leichten Dreh- und Drückbewegungen bearbeitete, bis plötzlich der untere Teil des Hakens samt Widerhaken an einem anderen Teil meines Daumens herausschaute. Nanu, was sollte das? Ich wollte den Haken loswerden, nicht meinen Daumen als Köder an ihm befestigt haben. Als mein „Retter" dann auch noch den Werkzeugkoffer öffnete und eine Kneifzange herausholte, wurde mir ganz anders!

>>Flieh, flieh, du bist bei einem Verrückten gelandet!<<, malte ich mir in Gedanken sein weiteres Vorgehen aus. Doch weit gefehlt! Mit einem einzigen Knacks kniff er den Haken nah am Daumen durch und zog beide Enden ohne Widerstand aus meinem Daumen heraus.

>>So, das gut geklappt. Jetzt noch Verband, dann fertig!<<, konstatierte er mit breitem Lächeln. Tatsächlich! Ich war geheilt! Schon stellte der Arzt die Rechnung aus, mir wurde wieder mulmig und vorsichtig fragte ich nach, wie viel er bekomme.

>>Sein privat! Sechzig Euro, dreißig ich, dreißig du!<<, stellte er mit einem Augenzwinkern fest. >>So wir haben heute beide schöne Abend in Taverne mit Frau.<< Sprach's, ging an einen Medizinschrank an der Wand, holte zwei Gläschen und eine Flasche Tsipouro raus und schenkte ein. >>Στην υγεία μας – Prost! Bei nächste Mal Fisch mitbringen, aber ohne Haken!<<

Als ich schließlich mit verbundenem Daumen zu Hause erschien, blieb mir gar nichts anderes übrig, als Kerstin die ganze Geschichte zu erzählen.

Ihr einziger Kommentar bestand aus einem >>Typisch mein Mann<<, wobei sie sich abwandte, damit ich ihr lachendes Gesicht nicht sehen konnte. Dann drehte sie sich doch noch einmal um und fragte ganz scheinheilig: >>Und, Klaus, gehst du morgen wieder angeln?<<

>>Morgen nicht, aber bestimmt nächste Woche und dann, dann …<<, weiter kam ich nicht.

>>Dann holen wir vielleicht besser doch den Verbandskasten, welcher gestern im Discount Market im Angebot war<<, fügte Kerstin süffisant hinzu. >>Und bis zu deinem nächsten Angeltrip kaufen wir den Fisch auf dem Markt, dort ist er auch frisch und kommt uns im Endeffekt wahrscheinlich billiger. Wenn ich bloß an das ganze notwendige Verbandsmaterial denke!<<

So sind die Frauen eben, nicht die kleinste Gelegenheit wird ausgelassen, uns Männern eins auszuwischen!

2

Und so ging´s dann am nächsten Morgen zum Markt. Die griechischen Märkte! Nicht nur Plätze, um sich mit Nahrungsmitteln und alltäglichen Waren zu versorgen. Nein, nicht nur das, sondern eine Symphonie voller Farben, Lebenslust, lautstarken Anpreisungen der Verkäufer und Gedränge von Menschen jeden Alters. Je nach Jahreszeit Berge von Äpfeln, Orangen, Zitronen, Pfirsichen und Nektarinen auf der einen Seite, Tische voll Spinat, Bohnen, Gurken und natürlich Tomaten auf der anderen Seite! Tomaten jeder Sorte, jeder Größe und jeder Qualität, mal zum Einkochen, mal für Salate, mal einfach zum Genießen als kleine Zwischenmahlzeit. Und wenn der Sommer kommt, dann stapeln sich die Wassermelonen an jedem zweiten oder dritten Stand. Nicht solch mickrige Früchte, wie in Deutschland erhältlich, sondern medizinballgroße Exemplare mit Gewichten von acht, neun oder über zehn Kilo! Dazu Variationen anderer Melonen.

An anderen Ständen Schafskäse, Ziegenkäse, aufgereihte weiße Köstlichkeiten, dahinter griechischer Joghurt höchster Fettstufe! Ein Stück weiter Hühner, ganz, halbiert oder in ihre Einzelteile zerlegt! Teppiche, Socken, Unterwäsche, Turnschuhe, Sportkleidung, Hemden, Pullover, Kleider, Badehosen und Bikinis, alles hat seinen Platz. So auch Toilettenpapier, Servietten, Wasch- und Reinigungsmittel, Grablichter, Haushaltswaren jeder Art. Und dann die

Fischstände: Doraden, Wolfsbarsche, Scheiben von Schwertfisch und Dornhai, Flossen der Rochen, bunte Makrelen, Rotbarben, Sardinen und Sardellen. Daneben Scampi, Tintenfische, Garnelen und Muscheln. Wem auf griechischen Märkten nicht in Vorfreude auf kulinarische Genüsse das Wasser im Mund zusammenläuft, mit dem muss etwas nicht stimmen. Fleischliebhaber, Vegetarier und sogar Veganer, alle kommen auf ihre Kosten!

Eins muss man jedoch bedenken: Vergiss nie den Handwagen zum Verstauen der Einkäufe, sonst wirst du unweigerlich taube Finger vom Tragen der vielen schweren Plastiktüten bekommen. Und vergiss nicht, dass zwei Tage später wieder Markttag ist! Lässt du dich vom tollen Angebot, direkt vier Kilo Tomaten zum günstigeren Preis zu erstehen, verlocken, dazu fünf Gurken für einen Euro und drei Kilo Nektarinen, dann wirst du beim nächsten Besuch des Marktes wohl auf den Kauf von Tomaten, Gurken und Nektarinen verzichten müssen. Und das wäre doch schade!

Apropos Handwagen: Besonders ältere Damen verwenden diese, welche meist nur aus einem Drahtgestell bestehen, sehr gerne als Waffe, um sich ihren Weg durch den Markt und an die Stände zu bahnen. Also vorsichtshalber doch den Verbandskasten kaufen! Oder ein paar Rollen Pflaster und Mullbinden für einen Euro auf dem Markt. Dann können kleinere Verletzungen sofort behandelt werden, mit blauen Flecken von Zusammenstößen mit den Einkaufswagen muss man eh leben. Solche Kleinigkeiten sollten einem das Erlebnis des Marktbesuches jedoch nicht madig machen, sie gehören einfach mit dazu.

So machten Kerstin und ich uns auf in Richtung Markt. Den Einkaufswagen zog ich locker hinter mir her, schließlich wollte ich mich auch ausreichend bewaffnet ins Getümmel stürzen. Auf unserem Weg kamen uns immer mehr Wagen ziehende oder Tüten schleppende Frauen und Männer entgegen, je näher wir dem Markt kamen. Schon fünfzig Meter vor den ersten Ständen hörten wir die lautstark ihre Waren anpreisenden Verkäufer: >>Erdbeeren! 1,50€ das Kilo! Drei Kilo für 4€!" >>Fünf Gurken 1€! Paprika, Tomaten, Zucchini! Alles billig!" Jetzt hieß es, Zurückhaltung an den Tag legen. Denn erstens konnten weiter hinten die Angebote ja noch günstiger, das Obst und Gemüse noch frischer sein, und zweitens galt es, den Handwagen nicht gleich zu Beginn zu füllen. Schließlich hätte dies das Manövrieren erheblich erschwert.

Aber lange hielten wir nicht stand, schon bald begann sich der Wagen zu füllen: Tomaten für den Salat – >>Es darf schon ein Kilo mehr sein!<< – dazu rote Zwiebeln und Schafskäse, und für den typischen griechischen Bauernsalat benötigten wir natürlich auch noch Gurken – >>Nehmen wir doch einfach fünf, dann haben wir auch für morgen genug!<< – und Oliven – >>Nimm am besten drei verschiedene Sorten, grüne, schwarze und mit Paprika gefüllte!<<. Wie war das noch: Übermorgen ist wieder Markt, bloß nicht zu viel kaufen! Egal, es war alles einfach viel zu verlockend.

>>So, jetzt brauchen wir nur noch Spinat, Eier und Fisch! Und Obst natürlich!<<, konstatierte Kerstin.

>>Seltsame Kombination<<, wagte ich einzuwenden.

>>Hast du etwa schon vergessen, wie Spinatreis mit gebratenem Schwertfisch schmeckt? So lange her ist das doch wirklich noch nicht. Außerdem hattest du gesagt, dass du das Gericht beim nächsten Mal selbst kochen wolltest. Also lass uns den frischesten Spinat auswählen und zwei Scheiben Schwertfisch dazu. Die Eier sind natürlich nicht fürs Mittagessen, sondern fürs Frühstück morgen. Aber auf jeden Fall kaufen wir nur Eier mit der Bezeichnung „0"oder „1"<<, stellte Kerstin in sehr bestimmten Ton fest.

>>Null oder eins? Hört sich an wie beim Fußballtoto<<, erwiderte ich.

>>Mensch, Klaus, das ist doch die festgelegte EU-Bezeichnung für die Herkunft der Eier. Die Bezeichnung „0" bedeutet Bio-Eier, die Bezeichnung „1" Eier von freilaufenden Hühnern, Eier mit der Bezeichnung „2" oder gar „3" kannst du vergessen. Die Bezeichnung „3" ist übrigens in der EU verboten, bis auf Ausnahmen natürlich.<<

Bis auf Ausnahmen! Natürlich nur bis auf Ausnahmen! Am ersten Stand, welcher Eier anbot, gab es nur Eier mit der Bezeichnung „3", an den nächsten beiden Ständen war es ebenso. Auf Nachfrage erklärte uns am vierten Stand der Besitzer, es sei eh egal, was draufstehe, in Griechenland gebe es für jede Herkunft der Eier nur die Bezeichnung „3".

>>Also können Sie ruhig die von mir angebotenen Eier

mit der Bezeichnung „3" nehmen, sie sind natürlich frisch und von freilaufenden Hühnern! <<

Natürlich! Dennoch lehnte Kerstin sein Angebot ab und kaufte stattdessen am fünften Eierstand solche ohne jede Bezeichnung. Warum auf einmal dieser Entschluss? Die Verkäuferin schien ihr vertrauenerweckend, das reichte aus! Übrigens fanden wir eine Woche später Eier mit der Bezeichnung „0", also Bio-Eier. Wo? Im Lidl natürlich! Man sieht wiedermal: Lidl lohnt sich!

Obst, Spinat und Schwertfisch waren dagegen sehr schnell zur Zufriedenheit Kerstins erstanden und wir machten uns mit beladenem Handwagen auf in Richtung Wohnung.

Dann fiel mir noch ein, dass uns Batterien für die Fernbedienung fehlten, und ich steuerte einen entsprechenden Stand an – wie man sieht, gibt es auf dem Markt nichts, was es nicht gibt! Der Kauf gestaltete sich dann allerdings zu einem Problem, da das Päckchen Batterien einen Euro kostete und ich nur einen 20-€-Schein im Portemonnaie hatte. Der Verkäufer schüttelte den Kopf.

Dann die entscheidende Frage: >>Bist du Deutscher?<< Vorsichtig bejahte ich. >>Dann schenke ich dir die Batterien. Deutschland gut, sehr gut! Wenn du willst, kannst du mir den Euro ja nächste Woche geben, musst du aber nicht.<<

Ob sich diese Szene auch auf einem deutschen Wochenmarkt so abgespielt haben könnte? Ich bezweifle es. Der zwischenmenschliche Umgang ist hier in Griechenland eben doch intensiver und vor allem um einiges persönlicher als in den meisten Gegenden in Deutschland.

So ging es dann doch noch irgendwann nach Haus und ich setzte mein Versprechen um, diesmal für das Mittagessen zu sorgen. Schnell war der Spinat in Olivenöl mit Knoblauch und Zwiebeln angedünstet, wenig später mit Brühe abgelöscht und der Reis hinzugefügt. In der Viertelstunde, bis alles schön miteinander verbunden und gegart war, war auch der Schwertfisch fertig gebraten, außen kross und innen noch saftig. Dazu ein Glas mit trockenem Weißwein, das Ganze auf dem Balkon genossen – was will man mehr?

3

In den nächsten Wochen und Monaten blieb alles weiter so traumhaft wie gehabt. Allerdings zeigten sich erste Wolken am immer blauen Himmel. Nicht meteorologisch gesehen, sondern in unserem alltäglichen Lebensablauf hier in Griechenland.

Immer häufiger trafen Nachfragen aus der Familie, von Freunden, von Freunden der Freunde, ehemaligen Arbeitskollegen und deren Freunden ein, ob man uns nicht mal besuchen könne. Gerne bleibe man ein paar Tage bei uns und lasse sich von uns die griechische Landschaft, die wichtigsten Sehenswürdigkeiten Thessalonikis und die griechische Art des Lebens zeigen.

Natürlich freuten wir uns, liebe Gäste aus der Heimat zu haben und mit ihnen unsere Freude an der neuen Lebensart zu teilen. Und das sollte auch in Zukunft so bleiben. Nur – Freunde von Freunden oder vielleicht dann auch Freunde der Freunde von Freunden …? Irgendwie musste eine Grenze gezogen werden.

So kamen wir dann schnell auf die Idee, mal in den ortsansässigen Hotels am Boulevard vorzufühlen, ob es irgendwelche Sonderpreise für von uns geplante Aufenthalte von Gästen gebe. Und die gab es! Auf diese Art ließ sich der Preis für Übernachtung mit Frühstück um mehr als 25 Prozent reduzieren.

Nein, es ging nicht um einen Zusatzverdienst zu meiner Beamtenpension! Die günstigeren Bedingungen wurden von uns natürlich an die Gäste weitergegeben. Diese waren überrascht und erfreut über die von uns ausgehandelten Preise und fragten gleich nach, ob wir nicht auch Beziehungen zu einer Mietwagenfirma hätten. Hatten wir nicht wirklich, jedoch war mir aus Erfahrung der Weg zu günstigen Angeboten über Internetportale wie auch die genaue Lage der Vermieterfirmen bekannt.

>>Das wäre toll, wenn du uns für die Zeit unseres Aufenthalts einen Wagen besorgen könntest!<<

>>Klar, mach ich doch gerne!<< Machte ich auch wirklich gerne, doch mit der Zeit wurden die Anzahl der Anfragen für ein Hotel und einen Mietwagen schrittweise immer höher.

>>Kannst du nicht auch die Flüge für uns buchen? Du hast doch so viel Erfahrung darin und weißt bestimmt einen Weg, besonders günstige Plätze zu bekommen.<<

>>Klar, mach ich doch gerne!<< Machte ich auch wirklich gerne, aber so langsam bekam ich das Gefühl, die nach Griechenland ausgelagerte Zweigstation eines Reisebüros zu leiten. Natürlich ohne finanziell davon in irgendeiner Art zu profitieren. Aber es machte mir Spaß, und das von Mal zu Mal immer mehr! Irgendwie schien ich doch noch das Bedürfnis zu haben, außer Chillen am Strand, Lesen, Angeln, Bummeln durch die Märkte und dem Genuss kulinarischer Leckerbissen irgendeiner Tätigkeit nachzugehen.

Und so begann langsam eine Idee in mir zu reifen, ohne dass mir dies von Beginn an bewusst war.

Was für eine Idee das war, kann ich mir schon denken, Klaus. Aber neugierig bin ich natürlich auch darauf, was Kerstin dazu gesagt hat.

Zeit hatte ich allemal genug. Die reichte auch noch aus, um für die Gäste aus der deutschen Heimat Führungen in Thessaloniki und Trips in die Umgebung zu organisieren und die entsprechenden Sehenswürdigkeiten zu präsentieren. Irgendwie begann mir die ganze Sache dann langsam immer mehr Spaß zu machen.

Der finanzielle Aspekt spielte dabei von Anfang an keine Rolle, schließlich reichte meine Pension locker aus, ein entspanntes Leben zu führen. Aber vielleicht war dies Leben einfach zu entspannt. Etwas Neues musste es doch noch geben, schließlich fühlte ich mich noch nicht alt genug, auf dem Abstellgleis zu landen. Wie konnte ich die neu gefundenen Aktivitäten sinnvoll miteinander verknüpfen? Was fehlte noch?

Da fiel mein Blick plötzlich auf etwas, was ich schon hunderte Male, aber noch nie so bewusst registriert hatte: Ein verfallendes Gebäude mit zerbrochenen Scheiben direkt am Boulevard! Die mit Müll übersäte Terrasse, der überwucherte Garten direkt neben dem Haus!

Das war es! Das war das Puzzlestück, welches noch fehlte! Wir mussten nur ein Hotel eröffnen, dann könnte ich alle Aktivitäten miteinander kombinieren.

>>Erleben Sie unvergessliche Tage in Griechenland! Lassen Sie sich einen Traumurlaub am Mittelmeer von uns zusammenstellen! Lassen Sie sich einfach fallen, wir organisieren alles für Sie: Flug, Unterkunft in unserem Familienhotel, Köstlichkeiten in unserer original griechischen Taverne, Mietwagen und Besichtigungstouren in Thessaloniki, Chalkidiki und dem gesamten Norden Griechenlands! Sie sind nur einen Schritt entfernt von diesem nirgendwo sonst buchbaren Ultra-All-Inklusive-Urlaub! Besuchen Sie unsere Homepage oder rufen Sie uns einfach an! Wir sind für Sie da!<<

Die Begeisterung übermannte mich. Das war es! Vollkommen neue Dimensionen erschlossen sich mir:

Begeisterte Urlauber, welche uns auf den Knien dankten für das, was wir ihnen geboten hatten, und schon fürs nächste Jahr reservieren wollten. Ich im passenden Outfit zur Begrüßung der Gäste! Unser Angebot in etlichen renommierten Reisekatalogen! Im Sonnenstrand-TV! Dazu als unvermeidliche Zugabe unser immer weiter anwachsendes Bankkonto! Meine Begeisterung kannte kein Ende mehr.

Hallo, Klaus! Hast du dir das wirklich genau überlegt? Du hast doch noch gar kein Hotel, keine Taverne, geschweige denn Personal, und keinerlei Erfahrung, wie man ein Hotel führt! Homepage? Seit wann hast du die denn? Und dann gibt es noch ein Problem, welches kaum zu bewältigen sein dürfte …

>>Kerstin! Wie bringe ich das nur Kerstin bei? Die erklärt mich glatt für verrückt!<<

Und richtig, genau so kam es dann auch: >>Erst willst du auf alle Fälle deinen Ruhestand vorziehen, um nie mehr von irgendjemandem oder irgendetwas abhängig zu sein. Einfach nur du selbst wolltest du sein, dein eigener Herr! Keine Termine mehr, keine Pflichten mehr, nur noch die Freiheit, das zu tun, worauf du Lust hast. Und jetzt das! Dir scheint wohl die Sonne nicht zu bekommen, anders kann ich mir das nicht erklären. <<

Sprach´s, drehte sich um und verließ kopfschüttelnd die Wohnung, um an den Strand zu gehen.

4

Einige Tage später. Seit Kerstins barscher Reaktion auf meine Idee, ein Hotel zu kaufen und ein Reiseunternehmen zu starten, hatten wir kein Wort mehr davon gesprochen. Vermutlich war sie der Meinung, die Sache hätte sich erledigt. Hatte sie natürlich nicht!

Aber man muss schon taktisch vorgehen, wenn man Frauen von etwas überzeugen will, von dem sie nicht überzeugt sind! Pah, diese Erfahrung hatte ich schon oft gemacht! Ich war ja kein Neuling in Beziehungsfragen mehr und schon gar nicht mehr grün hinter den Ohren oder gar naiv!

Bist du dir dessen wirklich sicher, Klaus? Ich habe da so meine Zweifel!

So wartete ich auf **den** Moment, der geeignet sein würde, um Kerstin umzustimmen.

Und dieser Moment schien mir eines Tages gekommen. Der perfekte Moment! Doch noch war es nicht ganz so weit.

Wir hatten beschlossen, wieder einmal mit dem Καραβάκη – dem pittoresken Schiffchen – von Peraia nach Thessaloniki zu fahren. Solch eine Fahrt dauert fünfzig Minuten, dann legt man direkt bei der Weißen Burg, dem Wahrzeichen Thessalonikis, am Boulevard an.

Wenn es denn losgeht! Noch war kein Schiff zu sehen, welches Kurs auf die Mole nahm, auf der wir inzwischen schon über zwanzig Minuten warteten. Die fahrplanmäßige Abfahrt hätte bereits vor zehn Minuten sein sollen. Alles nicht so schlimm, wenn … ja, wenn nicht die Sonne erbarmungslos auf unsere Köpfe heruntergebrannt hätte. Kein Schatten zu sehen! Immerhin hatten wir die Strohhüte nicht vergessen, wir waren ja inzwischen erfahren genug, was die Sonneneinstrahlung hier im Sommer betraf. Nach weiteren zehn Minuten war dann endlich ein kleiner weißer Punkt in der Ferne auszumachen, welcher sich rasch näherte und sich schließlich als das lang erwartete Καραβάκη erwies.

Man sieht wieder einmal: Die auf Fahrplänen in Griechenland angegeben Uhrzeiten darf man nur als vage Orientierung verstehen. Den städtischen Busverkehr muss ich hier jedoch ausdrücklich ausschließen, was wohl auch an der Taktung von zehn bis fünfzehn Minuten Abstand zwischen den Bussen liegt. Irgendein Bus kommt nach wenigen Minuten mit Sicherheit.

Jedenfalls befanden wir uns inzwischen auf dem „Seeweg" nach Thessaloniki, welcher übrigens zeitlich meist kürzer ist als der Weg über Land. Wir hatten noch Plätze vorne auf dem Deck gefunden und erfreuten uns wie schon so oft an der ruhigen Fahrt die Küste entlang. Was für Eindrücke! Scheinbar nahezu lautlos startende und landende Flugzeuge auf der einen Seite, vor Anker liegende Containerschiffe auf der anderen, dazu hunderte von Möwen, welche das Schiff umschwirrten. Wenig später, als wir näher an Saloniki herankamen, dutzende weiße Segel kleiner Boote, in welchen Jugendliche aus dem Jachtclub erste Segelversuche starteten.

Dann der neue Boulevard von Thessaloniki, welcher in den letzten Jahren ausgebaut und völlig neugestaltet worden war und sich kilometerweit bis in die Innenstadt erstreckte. Die Umgestaltung hatte zwar Jahre in Anspruch genommen, das Ergebnis war jedoch beeindruckend. Wie hieß es in einem griechischen Reiseführer: >>Eine Stadt entdeckt sich selbst völlig neu!<< Tausende von Spaziergängern, Joggern, und Radfahrern, welche dem breiten, autofreien, auf einer Seite durch Bäume beschatteten Weg entlang dem Meer folgten, waren der eindrucksvolle Beweis für diese Aussage. Die an vielen Stellen zu mietenden E-Scooter ergänzten dieses Bild.

Weiter ging´s per Schiff in Richtung auf den alten Boulevard mit seinem Fuß- und Fahrradweg auf der Seeseite und seinen Hotels, Cafés und Tavernen auf der gegenüberliegenden Seite. Dazwischen die mehrspurige Straße, welcher Tag für Tag, Woche für Woche, Monat für Monat 24 Stunden lang ein Auto nach dem anderen in Richtung auf den Weißen Turm zu folgte.

Der Weiße Turm! – In der Vergangenheit mal Teil der Befestigung der Stadt, mal Waffenlager, mal Gefängnis, mal Wetterstation und heute Stadtmuseum. Der Weiße Turm, nicht mehr wirklich weiß, sondern grau. Dort, wo die ganze Stadt 2004 die Europameisterschaft der griechischen Fußballmannschaft unter ihrem deutschen Trainer Otto Rehhagel – „König Otto", „Rehakles" – nach dem 1:0 Sieg über Portugal gefeiert hatte und wo sich immer wieder tausende Menschen einfinden, wenn es irgendein Event oder einen Grund zu feiern gibt, aber auch, wenn es gegen irgendetwas zu protestieren gilt.

Wir verließen „unser" Schiffchen und bummelten gemächlich den Boulevard entlang. Noch war der richtige Moment für meinen Angriff auf Kerstins Meinung bezüglich Hotelkauf nicht gekommen! Aber bald!

Schnell erreichten wir die Πλατεία Αριστοτέλους, den Platz des Aristoteles, mit den mondänen Hotels im Halbrund und seinen schicken Cafés an den Seiten. Aus der Luft ähnelt der Grundriss des Platzes mit seinem geraden Abschluss am Boulevard, dem Halbrund darüber und der sich weiter oben anschließenden Οδός Αριστοτέλους, der Straße des Aristoteles, einer Flasche, was eine bekannte Wodka-Firma auf die Idee brachte, mit dieser Luftaufnahme eine entsprechende Werbeseite zu gestalten. „Στην υγεία μας! – Prost!"

Nach einem – nein, keinem Wodka! –, sondern einem griechischen Kaffee mit Blick von der Dachterrasse eines der Hotels auf das bunte Treiben der sommerlich gekleideten Menschen inmitten des Platzes und auf die für die Touristen als Piratenschiffe zurechtgemachten Boote, welche in Richtung auf den Weißen Turm zu fuhren, führte uns der Weg weiter über die Tsimiski, Thessalonikis nobelste Einkaufsstraße, und die Egnatia, die neben dem Boulevard wichtigste Durchgangsstraße parallel zur Küste, hinauf bis zur Kirche Άγιος Δημήτριος, die dem Heiligen Demetrios, dem Schutzheiligen Thessalonikis, geweiht und eine der wichtigsten Kirchen der Stadt ist.

Diese auch einfach Demetrios-Basilika genannte frühbyzantinische, fünfschiffige Kirche gehört zu den als Weltkulturerbe geschützten frühchristlichen und byzantinischen Bauwerken in Saloniki und bietet außen wie innen einen imposanten Anblick. Zum wiederholten Male erfreuten wir uns an den herrlichen Mosaiken, welche das Erdbeben und den Großbrand in Thessaloniki 1917 überstanden hatten. Wie so viele andere Gebäude war sie stark durch die osmanische Zeit geprägt und mehr als vier Jahrhunderte lang als Moschee und erst nach dem vollständigen Wiederaufbau als griechisch-orthodoxe Kirche genutzt worden.

Trotz der vielen starken Eindrücke fehlte mir jedoch an diesem Tag irgendwie die Muße, mich auf die Schönheiten der Stadt einzulassen. Ich hatte ja noch anderes im Sinn! Irgendwann musste ich damit rausrücken. Aber immer noch war der richtige Moment nicht gekommen!

>>Was meinst du, sollen wir uns in die „Kitchen Bar" setzen und mit Blick auf die Bucht eine Kleinigkeit essen?<<, riss mich Kerstin aus meinen Gedanken.

>>Gute Idee, dann können wir ja auch dort das Schiff zurück nach Peraia nehmen.<<

Meine Gedanken gingen jedoch in Wahrheit weder in Richtung „Kitchen Bar" noch in Richtung Bootsfahrt zurück nach Peraia, sondern drehten sich um etwas ganz anderes. Wie sollte ich bloß anfangen? Vielleicht so:

>>Ich kann dir meine Pläne bezüglich des Hotels nochmal genauer erklären, Kerstin. Vielleicht hörst du mir ja dann zu, und ich kann dich davon überzeugen, wie wichtig dies für mich ist. Vielleicht! Ich bin jedenfalls fest entschlossen, in meinem Leben noch etwas Neues anzufangen. Und das Hotel wäre ein Traum für mich.<<

Natürlich blieben diese Gedanken zunächst unausgesprochen!

Hoffentlich bleibt es ein Traum und wird nicht zum Alptraum, Klaus! Noch kannst du zurück. Überlege es dir genau! Du brauchst bloß nichts mehr davon zu erwähnen, und es bleibt alles so, wie es ist.

Auf dem Weg zum alten Hafen kamen wir vorbei am Freiheitsplatz – Πλατεια Ελευθεριας – mit dem Holokaust-Denkmal zur Erinnerung an 50 000 von hier durch die deutsche Wehrmacht 1943 in Konzentrationslager verschiffte Juden. Wie oft war ich schon gedankenlos an diesem Denkmal vorbeigelaufen, nachdem es mir gelungen war, auf dem inzwischen überwiegend als Parkplatz genutzten Gelände mein Auto abzustellen. Und wie jedes Mal, seit mir dies bewusst war, meldete sich wieder das schlechte Gewissen wegen der eigenen Oberflächlichkeit.

Im alten Hafen, den wir kurz darauf erreichten, findet man sechs historische Lagerhäuser, welche 1910 errichtet und dann im Rahmen der Festlichkeiten anlässlich der Ernennung Thessalonikis zur Kulturhauptstadt Europas 1997 renoviert und wiedereröffnet wurden. Heute dienen sie überwiegend verschiedenen Museen als Standort, und eines der Lagerhäuser ist zu einem modernen Restaurant und einer Bar mit herrlicher Aussicht auf die Stadt, den Boulevard und das Meer umgestaltet worden. Diese „Kitchen Bar" war unser Ziel, und wir hatten das Glück, noch einen freien Tisch mit der erhofften Aussicht ergattern zu können. Nach einem Blick in die Speisekarte waren wir beide schnell fündig geworden und riefen die Kellnerin herbei.

>>Ich nehme die Σπαγγέττι με Θαλασσινά, die Spaghetti mit Meeresfrüchten<<, bestellte Kerstin eine ihrer Lieblingsspeisen. >>Dazu bitte einen trockenen Weißwein.<<

>>Dann bringen Sie uns bitte einen halben Liter des Μοσχοφίλερο aus Chalkidiki und für mich das Ριζότο Καζανόβα, das Risotto Casanova!<<

Kerstin drehte sich verschmitzt lächelnd zur Seite, konnte sich aber dann doch nicht zurückhalten. >>Na, mein Casanova, wie sieht´s mit deinen neuesten Eroberungen aus?<<

>>Mal schauen, was sich heute Abend noch so tut!<<, gab ich ebenfalls lächelnd zurück.

Ja, Klaus, wenn du gewusst hättest, was sich da in Zukunft noch zusammenbrauen würde, dann hättest du wahrscheinlich nicht so locker reagiert. Ich glaube nicht, dass du noch jemals in deinem Leben ein „Risotto Casanova" bestellen wirst. Eher schon einen „Armen Ritter"!

Es mundete uns beiden hervorragend, wozu auch die Atmosphäre in diesem Lokal ihren Teil beitrug.

So hatte ich, als wir unsere Teller geleert, bereits gezahlt hatten und nur noch genüsslich dem Weißwein zusprachen, das Gefühl, dass nun der Moment gekommen war.

»Kerstin, ich wollte mit dir noch einmal über ...«

Weiter kam ich nicht, denn in diesem Moment erblickte Kerstin unser Schiff, welches auf die Anlegestelle zufuhr.

»Später, Klaus, später! Wir müssen uns beeilen, wenn wir noch auf das Schiff wollen«, trank ihr Glas aus und stand auf.

Später, später! Wann denn endlich? So langsam bekam ich das Gefühl, dass Kerstin ganz genau wusste, was ich mit ihr besprechen wollte. Also nahmen wir Kurs auf die Anlegestelle und waren Minuten später wieder an Deck des „Αγιος Γεώργιος", des Heiligen Georg, und steuerten auf Peraia zu.

Nur wenige Minuten waren vergangen, als wir ein unglaubliches Farbenspiel erlebten. Auf unserem Kurs in Richtung Westen hatten wir direkten Blick auf die langsam untergehende Sonne, welche das Meer von Gelb über Orange bis hin zu tiefem Rot färbte. Dazu kam die Silhouette des Olymps immer deutlicher zum Vorschein, schien schließlich geradezu über dem Meer zu schweben. Alle Fahrgäste hatten sich auf dem Vorderdeck versammelt und waren fasziniert von diesem Anblick. Einige genossen ihn einfach nur stumm, andere versuchten jeden Moment, jede Veränderung fotografisch oder filmisch festzuhalten.

Wenige Minuten später war das Spektakel vorüber, Dunkelheit senkte sich auf das Meer, und die erleuchteten Tavernen und Hotels in Peraia waren die einzigen Lichtquellen, bis wir die Lichter auf der Anlegestelle an der Mole sahen, dort das Schiff verließen und zurück zu unserer Wohnung gingen.

5

Nicht viel später saßen wir auf dem Balkon und hatten wieder einmal ein Glas mit herrlich kühlem Weißwein vor uns stehen. Jetzt war der Moment endlich gekommen! Doch als ich mich räusperte und dazu ansetzte, etwas zu sagen …

>>Dann leg mal los, Klaus! Was hast du auf dem Herzen? Geht es immer noch um deine verrückte Idee, die Ruine am Boulevard in ein Hotel zu verwandeln?<<

>>Nein, nein … ja<<, mehr als ein Gestotterte kam nicht aus meinem Mund. Woher wusste Kerstin bloß, worüber ich mit ihr reden wollte? Ich hatte mir doch gar nichts anmerken lassen. Wie konnte sie das bloß rausgekriegt haben.

Hast du wirklich gedacht, dass du Kerstin etwas verheimlichen kannst, Klaus? Deine Vorstellungen von den Frauen als Spezies, welche der Mann so einfach kontrollieren und manipulieren kann, musst du wohl spätestens jetzt aufgeben. Von wegen „Ich warte nur noch, bis der geeignete Moment gekommen ist und dann …!" Nicht du entscheidest darüber, wann dieser Moment da ist, sondern allein Kerstin. Und jetzt? Hat dich der Mut verlassen?

>>Ja, zugegeben, eigentlich wollte ich schon den ganzen Tag mit dir darüber reden. Aber woher weißt du …?<<

>>Ich kenne dich schließlich schon ein paar Tage, Klaus. Und wenn du so versunken vor dich hinschaust, als ob alle Probleme dieser Welt auf dir lasten und du sie alleine lösen willst, und du mir dann wieder locker zuzulächeln versuchst, ja, dann ist irgendetwas im Busch. Und dass du diese Schnapsidee immer noch verfolgst, war mir eh klar. Von deiner Sturheit kann ich schließlich ein Liedchen singen. Aber lassen wir das. Dann leg mal los, damit wir es hinter uns bringen! Aber erst trinken wir einen Schluck von diesem edlen Wein, den wir vorige Woche in Pentapoli bei dem Weingut Nerantzi geholt haben. Mal kosten, ob er wirklich so gut ist, dass man ihn in Berlin im Adlon ausschenkt. Υεία μας! Prost!<<

>>Υεία μας!<< Ansonsten fehlten mir jegliche Worte, und ich war froh, mich zunächst einmal mit meinem Glas Wein beschäftigen zu können.

Stille! Bedrückende Stille! Dann, nach zwei, drei Minuten, die mir vorkamen wie zwei Stunden:

>>Nun erzähl schon, wie du dir das Ganze vorstellst. Sonst kann man mit dir ja in den nächsten Tagen und Wochen sowieso kein vernünftiges Wort mehr wechseln. Was du dir einmal in den Kopf gesetzt hast, das bleibt drinnen wie festgetackert, und für andere Dinge gibt es dann keinen Platz mehr. Mehr brauche ich ja wohl nicht zu sagen.<<

Tiefes Durchatmen, Aufseufzen! Wie sollte ich bloß anfangen?

>>Klaus, bitte! Lass uns jetzt in Ruhe darüber reden, die Rolle als Märtyrer steht dir nicht! Wenn auch vielleicht besser als die als Hotelier!<<

Ich nahm allen Mut zusammen, und als die ersten Worte geschafft waren, gab es kein Halten mehr. Ein Redeschwall ergoss sich über Kerstin, die sich alle Mühe geben musste, nicht darin unterzugehen.

>>Weißt du, ich bin ja völlig zufrieden mit unserem Leben hier. Dem Klima, den Menschen, der Landschaft, dem Essen! Und das alles mit dir zusammen! Das alles ist wunderbar! Und doch fehlt mir irgendwie etwas Neues. Ich bin zwar im Rentneralter, fühle mich aber nicht so. Es muss doch noch irgendwas kommen! Ich kann doch, bis ich von oben abgerufen werde, nicht nur spazieren gehen, schwimmen, chillen, angeln, lesen und gut essen. Dazu habe ich einfach noch zu viel Energie. Und da bin ich auf die Idee mit dem Hotel gekommen, wodurch man alle die Vorteile des Lebens hier mit einer sinnvollen Beschäftigung verbinden würde. Und wir hätten so viele weitere Kontakte mit Menschen aus Deutschland und aus Griechenland.<<

>>Ja, das kann ich alles nachvollziehen, was du damit sagen willst. Aber irgendwie verbinde ich eine solche Idee mit jungen Leuten, die noch für Jahrzehnte investieren können und auch die Kraft dazu haben<<, entgegnete Kerstin nachdenklich.

>>Die Auswanderer-Soaps im Fernsehen! Da rege ich mich immer tierisch auf. Jung, ohne Rücklagen, gescheiterte Existenz in Deutschland, und dann ab nach Mallorca, Australien und wo sonst noch hin. Am besten ohne Sprachkenntnisse, mit zwei, drei Kindern! Und dann erst mal eine Wohnung für tau-

send Euro im Monat und natürlich ein Auto, um damit auf Arbeitssuche zu gehen. Oder die Idee, sich selbstständig zu machen, vielleicht mit einem Sonnenstudio auf Kreta oder dem hundertsten Eissalon in Rimini oder einem Salon für Fisch-Spa dort, wo fünfzig Meter entfernt die Fischchen sowieso an deinen Zehen knabbern! Sowas nennt man „Eulen nach Athen tragen"! Pah! Nach einem halben Jahr ist von dem mitgenommenen Geld kaum noch was übrig, also muss man sich – natürlich jetzt erst! – überlegen, wie es weitergehen soll. Und dann: „Aber unseren Traum wollen wir weiterleben!" Ja, wie denn, ohne Job, ohne Geld und mit langsam steigenden Eheproblemen? So sieht die Realität vieler junger Existenzgründer im Ausland aus<<, ereiferte ich mich. >>Dagegen sind wir doch in einer ganz anderen Ausgangssituation: Ausreichende Rücklagen, keine kleinen Kinder, keine Sprachprobleme – zumindest du nicht! – keine Eheprobleme!<<

Vorsicht! Noch nicht, Klaus! Noch nicht! Was nicht ist, das kann …

>>Das stimmt natürlich alles. Aber müssen wir uns das wirklich in unserem Alter noch antun? Hast du vergessen, welche Hürden wir zu bewältigen hatten, bis die Wohnung uns gehörte? Dann die sicherlich nicht wenige Arbeit im Hotel, der Stress mit den Behörden, den Angestellten! Denn alleine schaffen wir das nicht. Und finanziell tragen muss sich das Hotel schließlich auch noch.<<

Natürlich waren Kerstins Einwände nicht von der Hand zu weisen, aber das musste sich doch alles regeln lassen. Pläne hatte ich auf jeden Fall genug, und die würden Kerstin bestimmt überzeugen. Wenn ich sie ihr denn überhaupt erklären durfte! Lange genug hatte ich sie mir schließlich durch den Kopf gehen lassen.

>>Also, ich habe mir das so gedacht: Wir kaufen das leerstehende Gebäude am Boulevard neben Petros´ Taverne, renovieren es und bauen es zu einem Hotel mit je vier bis fünf Studios oder Doppelzimmern pro Etage aus …<<

>>Moment, Klaus! Weißt du denn überhaupt, wem das Gebäude – wenn man überhaupt von einem solchen sprechen kann! – gehört, ob es zu verkaufen ist, wenn ja, zu welchem Preis? Und wo soll das Geld für den Kauf herkommen? Wer renoviert das Gebäude? Darf man sich hier in Griechenland so einfach als Unternehmer selbstständig machen? Und wer erledigt später dann die ganze Arbeit, wo bekommst du die Angestellten her und …?<<, unterbrach mich Kerstin, bevor ich überhaupt Genaueres sagen konnte. Dabei hatte ich mir alles so schön zurechtgelegt!

>>Lass mich doch bitte erst mal erklären, wie ich mir das Ganze vorgestellt habe, bevor wir über diese Bagatellen reden!<<, konterte ich, ohne auf Kerstins Fragen einzugehen.

>>Klaus, das sind keine Bagatellen, das sind die wichtigsten Punkte, bevor man überhaupt an die konkrete weitere Planung rangehen kann. Aber gut, erzähl, was genau du dir vorgestellt hast.<<

>>Das Hotel soll natürlich nicht nur als Unterkunft für bis zu 20 Gäste dienen, sondern auch als Restaurant und als Ausgangspunkt für Touren hier in der Nähe. Dabei möchte ich eine Mischung aus der griechischen und der deutschen Lebensweise bieten. Wir haben das Meer, den Strand und das ganze griechische Ambiente, dazu werden wir einen schick eingerichteten Speisesaal und als besonderen Clou eine Art Biergarten mit Restaurantbetrieb neben dem Haus anbieten. Die Speisen werden ebenfalls eine Mischung aus beiden Kulturen aufweisen, so zum Beispiel Sauerbraten mit gefüllten Weinblättern, Erbsensuppe mit Lammstückchen, gebratene Blutwurst mit Zucchini-Frikadellen, Moussaka mit einer Beilage aus Wirsing, Gyros mit Reibekuchen oder Currywurst mit einer Soße aus mediterranem Gemüse wie frischem Paprika, Auberginen und Zucchini. Und natürlich griechischen Wein, Retsina, aber auch deutsches Bier vom Fass<<, die Begeisterung über meine Idee verschlug mir fast die Stimme.

>>Und natürlich werde wir Touren nach Chalkidiki, zum Grab Philipp II. in Vergina, zu den Meteora-Klöstern, nach Kavala bzw. Philippi anbieten. Dazu Stadtführungen in Thessaloniki, vielleicht einen kleinen Bootsverleih hier am Hafen und vieles mehr.<<

>>Puh, mir wird ganz schwindlig!<<, atmete Kerstin tief durch.

Jetzt endlich schienen meine Ideen sie wohl doch mitzureißen!

Ja, mir wird auch schon ganz schwindlig, aber nicht aus Begeisterung! Das mediterrane Klima hat anscheinend einen völlig anderen Menschen aus dir gemacht, Klaus. Wenn ich da noch an den biederen Gymnasiallehrer für alte Sprachen denke! Immer korrekt, immer auf dem Boden der Tatsachen, nie extrovertiert und vor allem nie etwas überstürzen. „Contenance" war eines deiner Lieblingsworte, wenn mit jemand anderem mal der Gaul durchging. Und jetzt sehe ich dich als wildesten Rodeo-Reiter.

>>Was sagst du dazu, Kerstin? Du bist baff, was?<<

>>Allerdings! Ist das alles dein Ernst oder wieder einmal eine Kostprobe deines speziellen Humors? Du willst mich reinlegen, nicht wahr? Natürlich! Und ich wäre auch fast drauf reingefallen. Dabei kannst du doch nicht wirklich davon träumen, zehn bis zwölf Stunden am Tag zu arbeiten, und das die ganze Saison lang! Kein bisschen Privatleben mehr, nichts mehr von der Vorstellung eines sorgenfreien Lebens unter südlicher Sonne! Und ich bin doch tatsächlich drauf reingefallen, du Schlawiner!<<, atmete Kerstin erleichtert auf.

>>Nein, nein, Kerstin, das ist kein Scherz, wirklich nicht! Es ist mir absolut ernst mit meiner Idee<<, antwortete ich leicht verunsichert. >>Ich mache doch mit sowas keine Scherze.<<

>>Also doch! Es ist dein Ernst? Wirklich dein Ernst? Ich kann das nicht glauben<<, schüttelte Kerstin den Kopf.

>>Doch, mein vollster Ernst. Und ich bin fest davon überzeugt, dass dieses Projekt alles in den Schatten stellen wird, was wir bisher gemacht haben. Hotelbesitzer am Mittelmeer, Unternehmer mit Zukunftsvision! Alle in Deutschland werden uns bewundern und natürlich in unserem Hotel Urlaub machen. Nebenbei werden wir natürlich Geld scheffeln wie Heu und zu den angesehensten Personen hier im Ort zählen!<<, ich musste die Augen schließen, um meinen Blick in die Zukunft voll genießen zu können.

>>Ja, mach nur die Augen zu! Das ist das Beste, was du machen kannst. Denn wenn du sie wirklich offenhältst und wieder etwas zu Verstand kommst, wirst du sehen, was auf dich zukommt.<<

Kerstin schien doch tatsächlich verärgert zu sein.

Ach was, Klaus! Hast du gedacht, sie fällt dir um den Hals oder vielleicht sogar zu Füßen und huldigt ihrem Herrn und Meister? Du solltest ihren Sinn für Realität nach so vielen gemeinsamen Jahren ja wohl besser kennen.

>>Das Problem ist, dass ich dich und deine Sturheit kenne<<, legte Kerstin nach.

>>Ich und stur? Das bin ich noch nie gewesen. Ich lasse mich doch immer durch Argumente überzeugen und bleibe nicht stur bei meiner Meinung<<, versuchte ich mich zu verteidigen.

>>Argumente ist ein gutes Stichwort. Wenn ich auch nicht glaube, dass Argumente dich von dei-

nem Spleen abbringen können! So einige habe ich dir ja bereits genannt, ohne dass du sie überhaupt registriert hast. Sturkopf!<<

Irgendwie verlief der Abend völlig anders, als ich erwartet hatte! Auch meine Frage, ob ich noch etwas Wein nachschenken solle, konnte Kerstin nicht beruhigen.

>>Ich möchte jetzt keinen Wein! Ich möchte lediglich, dass du mir eine Minute lang genau zuhörst! Da ich weiß, dass ich keine Chance habe, dich von der Idee abzubringen, verlange ich nur, dass du Schritt für Schritt vorgehst. Wenn man ein Haus baut, beginnt man auch nicht mit der vierten Etage, sondern dem Keller oder der Bodenplatte und dem Erdgeschoss. Und deine Wunschvorstellungen liegen mindestens in der vierten Etage. Bevor du überlegst, welche ach so tollen Speisen es geben wird, solltest du mit den Etagen drunter anfangen<<, ereiferte Kerstin sich.

>>Was stellst du dir denn mit den Etagen darunter vor?<<, fragte ich eingeschüchtert nach.

>>Okay, dann werde ich es dir mal erklären. Parterre: Ist die Ruine überhaupt zu verkaufen, und wenn ja, von wem? Erste Etage: Wie hoch ist der Kaufpreis? Müssen Maklergebühren entrichtet werden, und welche Summe kommt für die Renovierung dazu? Zweite Etage: Woher bekommen wir das benötigte Geld? Und dritte Etage: Woher bekommen wir das Personal, und welche Summe müssen wir monatlich dafür ansetzen? Wenn diese drei Etagen stehen, kannst du dir gerne überlegen, ob – vierte Etage –

Erbsensuppe mit Lammstückchen oder Moussaka mit einer Beilage aus Wirsing oder was auch immer hier in Griechenland der Renner sein werden! Einverstanden?<<

>>Was bleibt mir denn anders übrig. Aber zur dritten Etage kann ich dir schon ein paar Infos geben<<, schöpfte ich wieder Hoffnung. >>Die kaufmännische Leitung werde ich natürlich selbst übernehmen, ebenfalls die Werbung und Koordination. Du könntest die Zimmermädchen und Kellner einweisen und beaufsichtigen, Maria vielleicht die Gäste am Flughafen abholen und die Führungen in Thessaloniki anbieten. Dann wären die wichtigsten Dinge schon geklärt. Ausflüge in die Umgebung werde ich selbstverständlich mit den Gästen selbst unternehmen.<<

>>Prima, dann beaufsichtige ich Stunde um Stunde die noch nicht vorhandenen Zimmermädchen und Kellner, Maria, die noch nichts von ihrem Glück weiß, wechselt vom Ruhestand wieder in den Arbeitsprozess, und du spielst den großen Zampano! Übrigens habe ich bei deinen Plänen vermisst, dass die Küche jemand zugeordnet ist. Willst du das vielleicht auch noch selbst übernehmen oder fällt diese Kleinigkeit in mein Ressort?<<, übte Kerstin sich in beißendem Spott.

>>Nein, da habe ich mir schon was anderes überlegt. Aber das will ich noch nicht verraten, soll eine Überraschung sein!<< Ich musste mir doch noch ein paar meiner Pläne für spätere Momente aufsparen.

>>Okay! Aber denk an unsere Abmachung: Parterre, erste Etage, zweite Etage, dritte Etage und dann erst vierte Etage! Und jetzt kannst du mir noch ein Glas Wein einschenken. Ich glaube, das habe ich nötig!<<

Ende der Diskussion! Zumindest vorläufig. Schwer zu sagen, wer von uns als Sieger aus dem Kampf hervorgegangen war. Hätte jedenfalls schlimmer kommen können!

Also los! Das Fundament und Untergeschoss sollten als erste Level bewältigt werden. Okay! Wie war das noch: Ist die Ruine überhaupt zu verkaufen, und wenn ja, von wem?

Klar, dass ich voller Überzeugung den Begriff „Ruine" durch „unser zukünftiges Hotel" ersetzte.

Der erste und schwerste Schritt war getan! Kerstin wusste jetzt von meinen Plänen, sträubte sich zwar noch ein wenig, würde aber sicherlich bald genauso begeistert sein wie ich. Alles andere würde sich dann schon ergeben.

Bist du dir da wirklich sicher, Klaus?

6

Am nächsten Morgen hatte ich es natürlich eilig. Endlich kam Bewegung in die Sache! Direkt nach dem gemeinsamen Frühstück auf dem Balkon, während dessen ich aus weiser Voraussicht kein Wort mehr über meine Pläne verlauten ließ, machte ich mich auf den Weg zum Boulevard und zu „meinem" Hotel.

Nach wenigen Minuten stand ich vor dem zukünftigen Schmuckstück. Auf einer Breite von ungefähr zwanzig Metern erhob sich eine Fassade aus hellem Naturstein, welche irgendwann später weiß verputzt worden war. Dass die Basis aus Natursteinen bestand, ließ sich leicht feststellen, da vom Putz an der Wand nur noch wenig erhalten war, dieser sich inzwischen in den Modefarben Grau und Schmutzig-Gelb zeigte und der restliche Putz auf dem mit Unkraut übersäten „Vorgarten" lag. In Parterre, erster und zweiter Etage befanden sich jeweils vier Fenster, sofern man die mit morschen Holzläden versehenen Öffnungen als Fenster bezeichnen konnte. Neben manchen Fenstern sah man Türen zu den wenig Vertrauen erweckenden Balkonen mit rostigen Geländern. In der Mitte des Erdgeschosses bildete eine hölzerne, ehemals blau gestrichene Tür den Eingang in das Gebäude. Das Dach des Hauses bestand aus schräg übereinander gelegten Eternitplatten, welche mit großen, runden Steinen beschwert waren. Die Seiten des Gebäudes waren von wildwachsendem

Efeu überwuchert, was nicht erkennen ließ, ob sich dort weitere Fenster befanden.

Moment, Klaus! Kann es sein, dass du vielleicht völlig andere Vorstellungen von „Schmuck" beziehungsweise „Schmuckstücken" hast, als die meisten Menschen sie haben? Oder bist du im wahrsten Sinne des Wortes „nicht ganz von Sinnen"? Spielt dir deine Fantasie nach dem vielleicht zu exzessiven Verzehr von Ouzo und Tsipouro einen Streich? Dennoch muss dir doch wenigstens irgendwie bewusst sein, dass das nicht gutgehen kann. Ein Rest von Realitätssinn muss doch noch vorhanden sein!

Vor meinem Auge sah ich schon die Fassade unseres Hotels: strahlend weiß, an einigen Stellen von Flächen aus Bruchsteinen unterbrochen, die hölzernen Läden in leuchtendem Blau gestrichen, die Balkone – natürlich zu allen Zimmern! – von weißen griechischen Säulen gesäumt, über der gläsernen Eingangstür mit großen, fett gedruckten Buchstaben „**Hotel Kukuweia**", „Hotel zur Eule", darunter etwas kleiner „Kerstin und Klaus heißen euch willkommen!". Vor und neben dem Haus kleine Sitzgruppen aus Bistro-Tischen und den typischen griechischen Holzstühlen mit Korbsitzen, dazu große, tönerne Vasen mit leuchtenden Blumen vor der Hauswand und blühende Oleander entlang der Mauern zur Abgrenzung des Grundstücks. Überall war der Boden von großen Schieferplatten bedeckt, welche durch weiße Linien voneinander getrennt wurden. Hier mussten sich die Gäste einfach wohlfühlen!

Schön, wirklich schön, Klaus! Trotzdem! Ahnst du nicht, dass diese Verwandlung nicht ohne Probleme vor sich gehen kann. Das musst du doch einfach sehen! Von noch weiteren, anderen Problemen ganz zu schweigen!

Es fiel mir schwer, mich von dem Anblick zu lösen, aber jetzt war es zunächst einmal wichtig herauszufinden, wer der Eigentümer des Grundstücks und Gebäudes war und ob er es verkaufen wollte. Letzteres schien mir allerdings wegen des auch mir bewussten derzeitigen Zustands des Hauses keine Frage zu sein.

Noch ganz in Gedanken versunken, hatte ich nicht bemerkt, dass Petros, der Besitzer der nicht weit von meinem Traumhotel entfernt liegenden Fischtaverne „Ο Πέτρος΄ - Ψαροταβερνα", neben mich getreten war. Erst als er mir seine Hand auf die Schulter legte, drehte ich mich zu ihm um.

»Na, Klaus, bestaunst du die besterhaltene Ruine des Boulevards? Eine Schande, dass sich niemand darum kümmert! Wenn nicht zweimal im Jahr jemand von der Gemeinde käme, um wenigstens das Unkraut etwas in Grenzen zu halten, würde man in Kürze gar nichts mehr von den Mauern sehen. Wäre vielleicht besser so!«, schimpfte Petros. »Aber erstaunlich, dass man in der Gemeinde überhaupt von der Existenz des Gebäudes weiß. Wahrscheinlich hat man Angst, dass die Touristen wegbleiben, wenn man das Gelände gänzlich vergammeln lässt. Es sieht ja inzwischen sowieso nicht mehr gerade rosig aus mit der Anzahl der Urlauber. Ich weiß auch nicht, woran es liegt. Vielleicht haben viele Angst, dass sie in ein armes, heruntergekommenes Land reisen, und weichen daher auf andere Ziele aus.<<

>>Ja, das ist wirklich eine Schande, dass sich niemand um das Haus kümmert! Bei der Lage! Hast du denn nie Interesse gehabt, deine Taverne durch das Nachbargrundstück zu erweitern?<<, fragte ich so harmlos wie nur möglich.

>>Pah, erstens könnte ich mir gar keine Erweiterung leisten, da ich dann auch noch Personal einstellen müsste. Elena und ich es schaffen es so gerade allein. Personal kostet Geld. Außerdem wüsste ich gar nicht, mit wem ich sprechen müsste, wenn ich das Grundstück pachten wollte. In den sechs Jahren, seit ich hier bin, habe ich noch nie jemanden gesehen, der wie der Eigentümer wirkte. Du bist der Erste, der sich für das Gebäude interessiert. Willst wohl unter die Gastronomen gehen?<<

Mein erschrockenes Gesicht musste ihm aufgefallen sein, und er fügte schnell hinzu: >>War nur ein Scherz, Klaus! Kein vernünftiger Mensch kann ein ernsthaftes Interesse an dem Gebäude haben.<<

So schnell kann man auf den Boden der Tatsachen zurückgeholt werden: hohe Personalkosten, fehlende Touristen, unbekannter Eigentümer, nur für Spinner interessant! Aber so schnell wollte ich meinen Traum nicht platzen lassen. Ein wenig peinlich war es mir schon, dass ich jetzt mit der Wahrheit rausrücken musste.

>>Kein Scherz, Petros! Ich bin wirklich an dem Gebäude interessiert und habe auch schon Pläne geschmiedet, wie ich ein Hotel daraus machen könnte. Vielleicht werden wir ja noch Nachbarn und könnten zusammen das Geschäft mit den Touristen etwas auffrischen!<<

>>Παναγια μου! Heilige Muttergottes! Bist du von Sinnen! Oder ist das ein Scherz? Sag mir, dass das ein Scherz ist!<<

Wieso bloß meinten alle, dass ich scherzte, wenn ich von meinem Hotel sprach? Erst Kerstin und dann Petros!

Reichlich kleinlaut antwortete ich: >>Nein, kein Scherz, wirklich nicht. Ich habe mir das reichlich überlegt und bin fest entschlossen, es durchzuziehen.<< Und noch etwas leiser fügte ich hinzu: >>Das heißt, wenn ich überhaupt eine Möglichkeit bekomme, das Grundstück mit dem Gebäude zu kaufen.<<

>>Hoffentlich nicht!<<, entgegnete Petros lapidar. >>Klaus, du bist mein Freund und bleibst es auch, wenn du mit deiner Idee Schiffsbruch erleidest. Aber mach deine Augen auf und schau dir die Ruine ohne Träumerei genau an, und dann denk noch einmal, besser noch zwei- oder dreimal darüber nach, ob du sie kaufen willst. Bitte!<<

Der konnte einem aber auch Mut machen! Ganz sicher ließen sich seine Bedenken mit Sorge um Kerstin und mich erklären. Ein Freund eben! Aber auch Freunde können sich irren. Entscheiden muss man letztlich doch allein und allein auch die Folgen tragen.

Vergiss diese deine Worte nicht, Klaus: >>Allein auch die Folgen tragen!<<

In welche Richtung gingen meine Gedanken denn jetzt? Als ob ich schon gescheitert wäre. Nein, ich würde mit meiner Idee nicht scheitern! Nein! Ich würde meinen Traum wahr werden lassen, auch wenn alle versuchten mich davon abzubringen.

Petros ging Richtung Taverne, zog zwei Stühle an einem kleinen Tisch vor und drehte sich zu mir um: >>Komm, Klaus, setz dich, lass uns zusammen einen Tsipouro trinken und von was anderem reden.<<

>>Okay!<<, stimmte ich mit einem Schulterzucken zu. War sicher besser, denn so unterschiedlich wie unsere Meinung war, hatte es keinen Sinn, weiter darüber zu diskutieren.

Wenige Augenblicke später kam Petros mit einer Flasche und zwei Gläsern zurück.

>>Heute trinken wir nicht den normalen Tsipouro, heute genehmigen wir uns einen ganz alten aus dem Holzfass. Den habe ich nur für besondere Gelegenheiten. Auf unsere Freundschaft! Στην υγεία μας! Prost!<<

>>Στην υγεία μας!<<

Der Tsipouro war wirklich hervorragend, wunderbar weich, lief runter wie Öl. Petros hatte nicht zu viel versprochen. Wir tauschten noch eine

Weile unsere Meinungen über griechische und deutsche Fußballvereine aus, kamen dabei auf die deutschen Trainer zu sprechen und natürlich auf Otto Rehhagel, der seit der gewonnenen Europameisterschaft der Griechen im Jahre 2004 immer noch als „König Otto" bezeichnet wurde. Und auf den skandalösen Vorfall, dass ein griechischer Vereinsvorsitzender, gleichzeitig auch Eigentümer eines der spielenden Vereine aus Ärger über eine Schiedsrichterentscheidung mit gezogener Waffe aufs Feld gestürmt war. Dann kamen wir schließlich in unserer Unterhaltung auf die aktuellen Angebote auf dem Wochenmarkt zu sprechen.

Das war für mich das Zeichen zum Aufbruch, denn ich hatte Kerstin versprochen, Obst und Gemüse mitzubringen.

Petros legte die Arme um mich und sagte nur: >>Denk noch einmal drüber nach!<< Ein Freund eben!

Nachdenken darüber würde ich mit Sicherheit, wenn auch nicht unbedingt in der Richtung, wie es von ihm gemeint war.

So spazierte ich zum Markt, hatte bald nach Prüfung der Ware und der Preise an verschiedenen Ständen das von Kerstin Gewünschte gekauft und machte noch einen kleinen Abstecher zum Stand von Grigori, der aus Armenien stammte, qualitativ hervorragende Kleidung anbot und den ich meist zu einem kleinen Schwätzchen besuchte.

Dort traf ich auf eine mir inzwischen bekannte kleine Gruppe von Markthändlern, die sich aus den verschiedensten Ländern zusammengefunden hatten: neben Grigori aus Armenien, dem alten Jascha aus Georgien, der kaum ein Wort sprach, Kees aus den Niederlanden, dessen Frau ihn mit ihrem gemeinsamen Kind in Richtung München verlassen hatte und der einen Blumenstand auf dem Markt hatte, dann noch die beiden jungen Griechen Ioannis und Ilias, welche mit Gemüse und Obst handelten. Eine internationale Gesellschaft also! Da durfte ich als Deutscher natürlich nicht fehlen.

Dabei war mir gerade als Deutscher bei unserem ersten Kontakt das Herz in die Hose gerutscht. Und das kam so: Kaum hatte ich mich, da ich um Kommunikation mit Ortsansässigen bemüht war, vorgestellt und wollte allen die Hand reichen, da fuhr mich einer der beiden Griechen barsch an: >>Du bist Deutscher? Wirklich Deutscher?<<, und als ich etwas eingeschüchtert nickte: >>Dann töte ich dich!<<

Für einen kurzen Moment war es absolut still, dann konnten sich die fünf Männer nicht mehr halten, platzten heraus und schlugen mir auf die Schulter. Erleichtert atmete ich auf und konnte schließlich auch lachen.

Von dem Tag an unterhielten wir uns jeden Freitag in einem Mischmasch von Sprachen über die alltäglichsten Themen. Nur ein Thema war verpönt: Über Politik wurde bei uns nicht gesprochen, das hatten wir nicht nötig! Dazu gab es natürlich neben Tsipouro aus Plastikbechern – selbstgebrannt von irgendjemandem, den einer aus der Gruppe kannte – Brot, Oliven, etwas Schafskäse und Wurst, alles auf Papier im Laderaum eines Transporters ausgelegt.

Wie wünschenswert wäre eine solche Länder übergreifende Idylle nicht nur im Kleinen, sondern in der großen Politik! Vielleicht sollte man bei internationalen Konferenzen mit Tsipouro in Plastikbechern und ein paar leckeren Kleinigkeiten beginnen, um zu großen Ergebnissen zu gelangen! Aber in der großen Politik geht es leider nicht so zu wie auf einem griechischen Wochenmarkt. Schade!

Ein anderes Thema hatte meine neu gewonnenen Freunde bereits beim ersten Zusammentreffen interessiert. Kaum kannten wir uns wenige Minuten, da kam die Frage, welche für viele Griechen eine der interessantesten zu sein scheint: >>Wie viel verdienst du im Monat netto?<< Nicht etwa: >>Was hast du für einen Beruf? Wo hast du gearbeitet?<< Nein! >>Wie viel verdienst du im Monat netto?<<

Bereitwillig gab ich Auskunft, jedoch nicht ganz wahrheitsgemäß. Die Summe, welche mir als Pensionär zustand, hätte die fünf Männer nur frustriert, da sie diese in Relation zu ihrem eigenen Einkommen gesetzt hätten. Also antwortete ich zwar bereitwillig, zog jedoch einen beträchtlichen Teil meiner Pension ab. Die genannte Summe erzeugte dann trotzdem noch freundlich anerkennendes Kopfnicken, ohne mich als „Reichen" dastehen zu lassen.

Grigori berichtete daraufhin, dass er in Armenien zwölf Jahre lang als Polizist gearbeitet und dabei viel Geld, sehr viel Geld verdient habe. Schelmisch lächelnd fügte er dann hinzu: >>Nicht vom Staat natürlich!<< Woher das Geld denn geflossen sei, brauchte ich nicht zu fragen.

Grigoris Beziehungen nach Osteuropa zeigten sich auch im Angebot seines Marktstandes. Neben der wirklich hochwertigen Markenware hingen hier auch an einer Seite T-Shirts, welche Putin mal mit nacktem Oberkörper auf einem Pferd, mal als Angler, mal als Jäger zeigten. Auf meine Frage, wer denn solche T-Shirts kaufe, antwortete Grigori: »Es gibt inzwischen genügend Russen hier. Und außerdem machen sich manche deutschen Touristen einen Scherz daraus, die T-Shirts als Karnevalskostüm mitzunehmen.«

Dann zeigte er noch auf ein T-Shirt, welches aktuell bei griechischen Jugendlichen besonders in Mode sei. Die Aufschrift fasste in englischer Sprache die Ansicht vieler Griechen über die wirtschaftliche Krise zusammen: „No job, no money, no problem!" Griechische Gelassenheit!

Auch an diesem Tag waren es die alltäglichen Themen, welche wir in aller Ruhe abhandelten. Dazu hatte Grigori, als ich kam, wie fast immer die griechische Musik aus dem kleinen Lautsprecher gestoppt, und stattdessen erschallte nun Helene Fischers Stimme. Nicht dass er damit meine Lieblingsmusik getroffen hätte, aber er selbst war jedes Mal verzückt, wenn er Helene hörte, und nahm meine Ankunft als Signal dafür, „deutsche Musik" erklingen zu lassen.

Ab und zu musste jemand den Kreis kurz verlassen, um seine Aufgabe als Markthändler wahrzunehmen, erschien aber nach wenigen Minuten bereits wieder. Alles im Blick! Bloß kein Stress!

Irgendwann erzählte ich dann auch von meinem Wunsch, das Grundstück neben der Taverne von Petros zu erwerben, von meinen Hotelplänen ließ ich jedoch noch nichts verlauten, die Erinnerung an das Gespräch mit Petros war noch zu frisch. Auf meine Feststellung, dass anscheinend niemand wisse, wem das Grundstück gehöre, unterbrach mich Ioannis: >>Da kann ich dir weiterhelfen. Es gehört dem alten Dimitrios. Das heißt, wenn der überhaupt noch lebt.<<

>>Du weißt nicht zufällig auch noch, wo der wohnt?<<, fragte ich sofort aufgeregt nach.

>>Klar weiß ich das. Schließlich war er ein guter Freund meines Vaters, der ja leider vor ein paar Jahren gestorben ist. Als Kinder waren meine Geschwister und ich mit meinem Vater oft bei Dimitrios, da wir uns dort so richtig austoben konnten. Er war aus seinem Elternhaus, das auf dem Grundstück stand, welches dich interessiert, nach Angelochori gezogen, da dort der Vater seiner Braut eine kleine Schreinerei betrieb und ihn als Gehilfen eingestellt hatte. Und als er dann verheiratet war und sein Schwiegervater wenige Jahre später starb, hat er die Werkstatt allein fortgeführt. Seine Frau ist schon vor ungefähr zehn Jahren gestorben. Das hat ihn wohl völlig aus der Bahn geworfen. Er hat immer davon gesprochen, dass es die Schuld der Ärzte war. Manchmal hatte man den Eindruck, dass er nicht mehr so ganz klar bei Verstand war. Wer weiß, ob er überhaupt noch lebt. Jedenfalls habe ich ihn seit Jahren nicht mehr gesehen<<, schüttelte Ioannis den Kopf.

Vor Aufregung fiel es mir schwer, das Gespräch so gelassen fortzuführen, als ob es sich um etwas völlig Nebensächliches handelte.

>>Du, Ioannis, hast du vielleicht Zeit, mir zu zeigen, wo der alte Dimitrios wohnt, falls er noch lebt. Jetzt hat mich deine Geschichte doch neugierig gemacht, ihn kennen zu lernen. Und vielleicht verkauft er mir ja sein Grundstück.<< Meine Gedanken kreisten dabei jedoch auch um die Frage, was mit dem Grundstück war, falls Dimitrios nicht mehr lebte.

>>Klar. Wenn du möchtest, können wir am Nachmittag mal hinfahren, sind nur ein paar Kilometer. Aber bitte nicht vor sechs Uhr. Erst mal nach Marktende den Stand abbauen, dann heimfahren und dann – du weißt schon – ein, zwei Stündchen ruhen<<, entgegnete Ioannis.

>>Das ist super! Natürlich erst ab sechs. Meinst du, ich leg mich nach dem Essen nicht hin? Soweit habe ich mich schon an den griechischen Tagesablauf gewöhnt. Ich komme dich dann bei dir zu Hause abholen, okay?<<

Ioannis stimmte zu, und ich machte mich auf den Heimweg.

Als ich an einem der Fischstände vorbeikam, entdeckte ich zu meiner Freude, dass es dort Ουρίτσες gab, die Schwänze vom Seeteufel, der auch als Lotte bezeichnet wird. Da diese einfach fantastisch schmecken, nahm ich ein Pfund mit, Kerstin würde sich mit Sicherheit freuen und den heutigen Speiseplan umändern.

Und so war es auch. Wir ließen nichts von der Köstlichkeit übrig, die in einer Soße aus Weißwein, Schafskäse, Tomaten und Gewürzen gedünstet war, aßen dazu einen Romanasalat mit Oliven, Tomaten und Ziegenkäse und tunkten frisches Brot in die letzten Reste der Soße. Ich wunderte mich wieder einmal, wie sehr unser Brotverbrauch angestiegen war, seit wir in Griechenland waren. Kamen wir in Deutschland mit einem Brot mehrere Tage aus, musste ich hier jeden Tag zum Bäcker gehen. Ein immer wieder erfreulicher Beginn eines neuen Tages! Der zu Fisch und Salat wieder einmal genossene fruchtige Weißwein sorgte dafür, dass es mir keinerlei Mühe bereitete, bis zur verabredeten Zeit zu ruhen.

Wieder einmal Weißwein, vorher den einen oder anderen Tsipouro! Es scheint so, dass man einiges an Alkohol vertragen muss, wenn man als Rentner in Griechenland unterwegs ist. Na ja, Klaus, damit dürftest du aber doch keine Mühe haben. Oder? Ins Glas gespuckt hast du ja noch nie!

7

Kurz nach Sechs – deutsche Pünktlichkeit! – erschien ich dann bei Ioannis, und er stieg zu mir in den Wagen. Es dauerte nur wenige Minuten, bis wir die Straße nach Nea Michaniona hinter Agia Triada verlassen hatten, nach rechts abgebogen waren und kurz darauf den kleinen Ort Angelochori erreichten.

Das Dorf ließ kein wirklich geschlossenes Ortsbild erkennen. Die kleinen Häuser mit ihren Gärten lagen weit verstreut, dazwischen erstreckten sich überall große Felder mit Gemüseanbau. Hier lag wohl einer der Gärten, aus welchen die Einwohner Thessalonikis versorgt wurden. Das Faszinierendste aber war der herrliche Blick auf die Bucht von Thermeikos und das sich hinter der Wasserfläche erhebende Massiv des Olymps. Von hier schien es so, dass er nur wenige Kilometer entfernt war, und doch benötigte man mit dem Auto weit mehr als eine Stunde, um Thessaloniki und die Meeresbucht zu umrunden. Große Wasserflächen erstreckten sich bei Angelochori im Landesinneren nahe bei der Küste, und ich überlegte, ob sie wohl früher einmal zur Salzgewinnung genutzt worden waren. Auch Ioannis wusste darauf keine Antwort, wies mich jedoch auf etwas anderes hin, und zwar den Leuchtturm und die 1944 von der deutschen Armee erbaute Festung als Attraktionen des Ortes, der mit dem Kap Megalo Embolo als antikes Aeneium seine nordwestliche Spitze hatte.

Dann lotste mich Ioannis zielsicher durch den Ort zum Haus des alten Dimitrios, welches noch etwas weiter entfernt von den anderen Häusern am äußersten Rand des Dorfes lag. Hier schien seit Ewigkeiten niemand mehr versucht zu haben, die offensichtlichen Mängel am Wohngebäude und der daneben liegenden Werkstatt zu beseitigen oder wenigstens dem Verfall Einhalt zu gebieten. Der Garten neben dem Haus war völlig verwildert, meterhohes Unkraut und wilde Feigenbäume hatten von der gesamten Fläche Besitz ergriffen. Hier musste ein Paradies für Schlangen sein!

Wir stiegen vorsichtig die schmale, ehemals weiß gestrichene Treppe zum Hauseingang hoch und klopften gegen die wurmstichige Eingangstür. Keine Reaktion im Inneren des Hauses. So versuchten wir es mit lautem Rütteln an den geschlossenen Fensterläden. Da endlich schien es eine Bewegung im Haus zu geben – wenn man überhaupt von Bewegung sprechen konnte. Ein schlurfendes Geräusch und leises Fluchen ließen sich jedenfalls vernehmen. Es dauerte noch ein oder zwei Minuten, bis sich die Tür einen Spalt weit öffnete und ein Kopf sichtbar wurde. Und was für ein Kopf!

Spontan musste ich an eine runzelige Kartoffel denken, als ich mein Gegenüber betrachtete. Das ganze Gesicht war durchzogen von tiefen Falten, welche wie eingegraben in die unrasierte, sonnengebräunte Haut schienen. Dazu die knollige Nase, der leicht geöffnete Mund, welcher oben und unten jeweils zwei Zahnstummel erkennen ließ. Auf dem

Kopf thronte eine verschlissene, blaue Kappe, welche den verbliebenen, grauen Haarkranz nur ansatzweise verdeckte.

Sofort ergriff Ioannis die Initiative, bevor uns die Tür wieder vor der Nase zugeschlagen wurde.

>>Dimitrios, ich bin's, Ioannis! Erinnerst du dich noch an mich? Du und mein Vater sind einmal die besten Freunde gewesen, und wir Kinder sind immer hier bei euch im Garten und in der Werkstatt herumgetobt. Wie lange ist das alles her!<<

Die Falten schienen sich noch tiefer einzugraben, die trüben Augen wurden noch mehr zusammengekniffen. Dimitrios schien nachzudenken und kam näher auf Ioannis zu. Dann verzog sich das ganze Gesicht plötzlich zu einem Lächeln.

>>Ioannis! Du? Ja, Ioannis! Du hast recht, wie lange ist das alles her! Wie lange sind meine Frau und dein Vater jetzt schon tot!<< Dann veränderte sich sein Gesichtsausdruck plötzlich wieder.

>>Seit Jahren habe ich dich nicht mehr gesehen. Wenn man bei meinen Augen überhaupt noch von Sehen sprechen kann. Und jetzt erscheinst du mit jemand bei mir. Was soll das plötzliche Interesse an mir? Du hast doch etwas vor. Lasst mich in Ruhe, ich bin ein alter Mann, der nur noch darauf wartet, dass er seiner Frau und deinem Vater nachfolgen kann!<<

Wie schnell hatten sich im Wechsel Ärger über die lästige Störung, Unsicherheit, dann Freude über das Wiedersehen und schließlich Skepsis und Ablehnung in diesem Gesicht widergespiegelt!

>>Dimitrios, ich habe es wirklich in den letzten Jahren versäumt, dich zu besuchen. Ja, ich habe sogar ganz vergessen, dass es dich noch gibt. Entschuldige bitte! Es tut mir wirklich leid. Aber als dann mein Freund Klaus aus Deutschland heute am Morgen von deinem Haus am Boulevard in Peraia sprach, da ist bei mir wieder alles hochgekommen: Wie gern wir als Kinder nach hier gekommen sind, was wir für Streiche gespielt haben und dass du uns immer solche Freiheit gelassen hast. Dafür bin ich dir heute noch dankbar. Dimitrios, es war nicht schön von mir, dich aus meinen Erinnerungen zu streichen. Aber vielleicht kannst du mir verzeihen.<<

>>So? Verzeihen soll ich dir? Dass du deinen alten Freund so einfach vergessen konntest? Ach, Ioannis, was soll denn werden, wenn nicht einmal wir Alten verzeihen können? Ihr Jungen lebt doch nur noch mit nach außen gedrehten Ellenbogen. Es wird von euch kein Pardon gegeben. Jeder versucht sich seinen Platz zu erkämpfen, ohne Rücksicht auf die anderen. Geld, Besitztum, Ansehen, das sind eure Götter, die ihr anbetet. Die Vergangenheit spielt keine Rolle für euch, auch wenn du dich jetzt daran erinnert hast. Wie sehr hat sich das Leben verändert. Dafür kannst du nichts. Natürlich nicht. Warum also sollte ich dir nicht verzeihen. Komm her!<< Dimitrios öffnete seine Arme und drückte Ioannis lange an sich.

>>Aber jetzt erzähl mir bloß nicht, dass ihr zu zweit nach hier gekommen seid, um einen alten Mann zu begrüßen. Es wird schon noch einen anderen Grund geben, den ihr mir bisher verschwiegen

habt. Kommt rein, trinkt ein Glas von dem Roten mit mir, den ich jede Woche von einem Freund, einem anderen Alten mitgebracht bekomme. Ob er dazu den Weinkeller seines Sohnes plündert, weiß ich nicht. Wäre mir auch egal, der hat so viel davon, dass er es eh nicht merkt.<<

Da haben wir´s schon wieder! Noch ein Gläschen, diesmal in der Farbe Rot! Na, dann lasst es euch schmecken! Mal sehen, was das Gespräch in Bezug deine Karriere als Hotelier ergibt.

Kurz darauf saßen wir in einem Raum, welcher mit einem Tisch, zwei Stühlen, einer Bettcouch, einem Kohleofen und einem kleinen Fernsehgerät sehr einfach, aber zweckmäßig eingerichtet war und entgegen meinem ersten Eindruck an der Tür überraschend sauber und aufgeräumt wirkte. Dieses Zimmer war vermutlich das einzige, welches der alte Mann regelmäßig benutzte. Trotz der Wärme draußen war der Kohleofen in Betrieb und ein darauf stehender kleiner Topf ließ vermuten, dass hier auch das Essen gekocht oder aufgewärmt wurde.

Dimitrios kam mit einem Stuhl und drei Wassergläsern aus dem Nebenzimmer, schenkte uns aus der auf dem Tisch stehenden Flasche Rotwein ein, setzte sich und sah uns beide aus listigen Augen prüfend an.

>>Dann legt mal los! Was hat euch wirklich bis hierher geführt?<<

>>Das ist so …<<, begann Ioannis, stockte dann und sprach mit einem Blick auf mich weiter, >>Klaus kann dir bestimmt besser erklären, weshalb wir gekommen sind.<<

Nun war ich an der Reihe, von meinen Plänen zu berichten. Stockend begann ich.

>>Also, heute Morgen habe ich Ioannis erzählt, dass mir auf dem Weg zum Markt am Boulevard …<< Weiter kam ich nicht.

>>… ein baufälliges Haus auf einem verwilderten Grundstück aufgefallen ist<<, ergänzte Dimitrios den begonnenen Satz.

>>Woher wissen Sie …<<, brachte ich völlig verwirrt hervor.

>>Erstens hat Ioannis eben mein Elternhaus erwähnt, zweitens bin ich nicht blöde, dement oder altersschwach und kann mir so einiges zusammenreimen, und drittens kannst du ruhig „du" zu mir sagen. Ich bin zwar ein paar Jahre älter als du, aber so viele nun auch wieder nicht.<< Dabei grinste er mich schelmisch an. >>Na ja, vielleicht doch ein paar Jahre mehr!<<

Dann konnte sich Dimitrios nicht mehr zurückhalten und prustete lauthals heraus: >>Und nun bist du gekommen, um mir alles abzukaufen, das Haus abzureißen und auf dem Grundstück ein Hotel zu bauen. Ja, so seid ihr Deutschen, aus allem wollt ihr ein Geschäft und euren Profit machen!<<

Als er mein betretenes Gesicht sah, legte er mir die Hand auf die Schulter: >>War nur ein Scherz, Klaus! War nicht so ernst gemeint! Ich glaube doch nicht ernsthaft, dass du mir das Haus abkaufen willst. So verrückt bin ich nun wirklich noch nicht. Und du bestimmt auch nicht.<<

Ein klassischer Fall von Déjà-vu! Schon wieder sah jemand meine Pläne als Scherz an! So langsam wurde ich doch unsicher. Reichlich kleinlaut entgegnete ich: >>Nein, kein Scherz. Ich habe wirklich daran gedacht, dort ein Hotel zu eröffnen. Ist doch schade, dass solch eine Toplage nicht genutzt wird.<<

Dimitrios wurde plötzlich ernst. >>Ja, das hat mir vor Jahren schon einmal jemand gesagt und dann ein Angebot gemacht, das ich seiner Meinung nach nicht ausschlagen konnte. Konnte ich aber doch! War übrigens kein Deutscher, sondern ein Russe. Die Summe, die er mir nannte, war schon verführerisch, aber ich konnte mich einfach nicht von meinem Elternhaus trennen und mir vorstellen, dass es abgerissen wurde und dort ein fünfstöckiges Hotel mit allem Schickimicki entstehen sollte.<<

Ich ließ den Kopf sinken. So schnell können Träume platzen!

Bevor sie zu Alpträumen werden können. Sei froh, Klaus!

>>Schade, und ich hatte mir schon vorgestellt, wie schön das renovierte Gebäude mit der Terrasse davor und dem Biergarten rechts vom Haus aussehen würde<<, sprach ich mit vor Enttäuschung leiser, kraftloser Stimme mehr zu mir selbst als zu den beiden anderen.

>>Das heißt, du willst das Haus gar nicht ab-
reißen und ein riesiges Hotel bauen?<<, fragte Dimitrios.

>>Nein, das habe ich natürlich nicht vor. Ers-
tens habe ich das Geld dazu nicht, und zweitens will
ich mein Leben hier weiter genießen und mir nicht
ein solch großes Projekt aufhalsen. Ich bin Rentner
und genieße meinen Ruhestand hier, aber irgendwie
möchte ich noch etwas Neues anfangen, das mir
Freude macht. Ich möchte einfach noch nicht nur im
Café und auf dem Balkon sitzen, lesen und auf den
Abend warten. Dazu fühle ich mich noch zu jung und
zu aktiv<<, erklärte ich meine Pläne den beiden.

>>Mmh, ja, dann bist du wohl tatsächlich
nicht wie andere Ausländer, die hier auf Kosten der
armen Griechen ihr Vermögen vermehren wollen. So
habe ich dich eigentlich auch nicht eingeschätzt.
Wenn ich mir zudem das neue Luxushotel unten am
Strand ansehe, dann sind es ja nicht nur die Ausländer, die hier die Gegend verschandeln, um in Saus
und Braus zu leben. Der Eigentümer ist schließlich
Grieche, einer derjenigen, welche verantwortlich für
die ganze Misere unseres Landes sind<<, schimpfte
der Alte und fuhr fort: >>Nie wollte ich so einen Be-
tonklotz auf meinem Land sehen, das wäre für mich
niemals in Frage gekommen, egal, was man mir geboten hätte. Ja, mein Elternhaus! Das ist alles so lange
her, und ich werde auch nicht jünger, habe nie eigene
Kinder gehabt. Dabei liebe ich Kinder so sehr. Lassen
wir das Thema für jetzt, sprechen wir über schöne
Dinge.<<

So blieben Ioannis und ich noch lange bei Dimitrios, die beiden tauschten Erinnerungen an früher aus und schimpften auf Angela Merkel, auf die aktuelle griechische Regierung mit ihrem Ministerpräsidenten und natürlich auch auf seinen Vorgänger – auch das können anscheinend für Griechen „schöne Dinge" sein.

Als wir uns dann verabschiedeten, kam die Überraschung: Dimitrios nahm mich in den Arm, klopfte mir dann auf die Schulter und sagte: >>Komm morgen vor Mittag noch einmal zu mir. Vielleicht haben wir beide was zu bereden. Erstmal muss ich eine Nacht darüber schlafen.<< Dann mit Tränen in den Augen: >>Und jetzt macht, dass ihr wegkommt und lasst einen alten Mann in Ruhe!<<

Die Worte passten so gar nicht zu seinem Gesichtsausdruck!

Was war das? Warum sollte ich am nächsten Tag noch einmal zu Dimitrios kommen? Gab es eventuell doch noch eine Chance, meinen Traum zu erfüllen?

8

Gegen 11 Uhr machte ich mich am nächsten Tag auf, um noch einmal zu Dimitrios zu fahren. Kerstin hatte ich lediglich erzählt, dass ich am Vortag mit Ioannis bei einem Freund gewesen sei und dieser mich für heute eingeladen habe, um sich mit mir über das griechisch-deutsche Verhältnis und seine eigene Vergangenheit in Deutschland zu unterhalten. Natürlich war das gelogen! Aber was sollte ich machen? Kerstin schon jetzt etwas von meiner Hoffnung auf einen Vertrag mit Dimitrios erzählen, also von etwas, das bisher nur in meiner Phantasie bestand? Das hätte Kerstin nicht gewollt. Bestimmt nicht! Also war es keine Lüge. Na ja, höchstens eine Notlüge! Und eine solche ist ja, wie der Name sagt, in Notsituationen erlaubt.

So, in einer Notsituation warst du. Schön, wie du dir eine Sache zum Besten für dich zurechtlegen kannst, Klaus! Aber dass Kerstin nicht sonderlich erfreut sein wird, wenn du später mit der Wahrheit rausrückst, daran hast du wohl nicht gedacht. Oder? Warten wir mal ab, wie sie dann reagieren wird!

Kurze Zeit später stand ich wieder vor Dimitrios´ Haus. Doch diesmal musste ich nicht erst laut klopfen und minutenlang warten. Im Gegenteil: Dimitrios stand am geöffneten Fenster, winkte mir zu und öffnete nur Sekunden später die Haustüre. Welche

Veränderung! Er schien sich zum Sonntagsspaziergang angezogen zu haben und blickte mich aus verschmitzt lächelnden Augen an. Seine Kappe hatte er gegen einen hellen Strohhut ausgetauscht, eine marineblaue Hose und eine beige Strickjacke über einem weißen Hemd angezogen. Was war los? Er konnte sich doch unmöglich so ausstaffiert haben, um in der Küche mit mir über sein Grundstück und Elternhaus zu sprechen. Irgendetwas schien hier faul zu sein!

>>Schön, dass du gekommen bist, Klaus! Dann machen wir uns mal auf den Weg!<<, begrüßte er mich mit einem kräftigen Händedruck.

>>Eh, auf den Weg? Ich dachte, du wolltest mit mir über meine Pläne bezüglich des Hotels sprechen. Nein? Habe ich dich da gestern falsch verstanden? Wohin wollen wir denn?<< Ich war völlig perplex und wusste nicht, wie mir geschah.

>>Du wolltest mich bestimmt erst einmal zum Mittagessen einladen, vermute ich.<< Dimitrios sah mich aus listig blinzelnden Augen an. >>Oder habe ich mich da etwa geirrt? Nein, das kann nicht sein! Du als reicher Deutscher willst mir armen, alten Griechen doch sicherlich eine Freude machen. Das sehe ich dir doch an.<<

>>Natürlich. Das hatte ich gerade nur vergessen, haha! Deswegen bin ich doch gekommen<<, stot­terte ich. >>Wo fahren wir denn hin?<<

>>Och, nicht weit. Nur ein paar Kilometer. Ich kenne in Nea Michaniona eine Taverne, wo man fantastische Τσίπουρο-Μεζέδες bekommt. Die musst du unbedingt probieren. Und danach können wir uns

noch eine herrliche Dorade und ein paar Scampis zu Gemüte führen. Du wirst sehen, das Essen dort ist hervorragend<<, sprachs, schloss die Haustüre und bewegte sich auf mein Auto zu.

Eins zu null für Dimitrios!

Wenige Minuten später parkten wir in Nea Michaniona unten am Hafen und stiegen über eine steile Treppe zur Hauptstraße des Ortes hoch. Wie Dimitrios dies, ohne zu verschnaufen, in zügigem Schritt schaffte, war mir rätselhaft. Irgendwie wirkte er um Jahre verjüngt und pfiff jetzt sogar eine alte griechische Melodie vor sich hin. Und das mit seinen vier verbliebenen Zähnen im Mund! Direkt erinnerte ich mich an den alten Spruch: >>Keine Zähne im Mund, aber La Paloma pfeifen!<<

Als wir oben angelangt waren, fiel mir sofort ein Schild mit der Bezeichnung „Ουζερί" auf. Ouzerien sind griechische Tavernen, in welchen man großen Wert darauf legt, dass regionaler und damit natürlich nach Meinung jedes Gastronomen der exzellenteste Ouzo und Tsipouro ausgeschenkt wird. Dazu hat man die Wahl zwischen Tsipouro mit oder ohne Γλυκάνισου, mit oder ohne Anis.

Die Taverne befand sich auf der linken Seite der Hauptstraße und hatte eine große, überdachte Terrasse auf der gegenüberliegenden Straßenseite. Die Triebe und Blätter der Weinreben, welche dort von der Überdachung nach unten hingen, ließen in

Richtung auf Hafen, Meer und das Massiv des Olymps einen freien, überwältigenden Ausblick zu. Die meisten großen Schiffe der Fischereiflotte schienen an diesem Tag noch auf Fangfahrt zu sein, nur wenige kleine Fischerboote lagen verstreut in der Bucht.

Zielsicher steuerte Dimitrios auf einen Tisch direkt bei der Mauer vor dem abfallenden Gelände und damit den Tisch mit der besten Sicht zu, setzte sich, atmete tief durch und blickte versonnen übers Meer. Nur wenige Augenblicke später erschien ein Kellner, dessen Gesicht sich aufhellte, als er Dimitrios erblickte.

>>Dimitrios, gibt es dich auch noch? Dich haben wir ja schon Ewigkeiten nicht mehr hier bei uns gesehen! Wie geht es dir denn?<<

>>Wie soll es mir altem Mann schon gehen? Wenn alle Knochen anfangen zu zwicken, bleibt man am besten zu Hause. Außerdem kann ich mir mit meiner kleinen Rente den Luxus eines Tavernenbesuchs gar nicht leisten. Und der Appetit lässt auch immer mehr nach. So, nun weißt du, wieso du mich so lange nicht mehr gesehen hast<<, antwortete Dimitrios und nahm einen traurigen, deprimierten Gesichtsausdruck an.

Hallo? Gerade war er noch voller Energie vor mir her den Anstieg hochgestiefelt und hatte ein Liedchen gepfiffen. Und jetzt? Was war denn das? An ihm schien ein Schauspieler verloren gegangen zu sein. Und arm? Ja, das konnte natürlich sein. Aber mir fiel spontan die Geschichte eines griechischen Bäckers ein, der, nachdem er sein Geschäft geschlossen hatte, nur noch im Schlafanzug vor seinem Haus gesessen und über sein Schicksal gejammert hatte. Nicht einmal den Strom könne er bezahlen, deshalb sitze er im Sommer immer draußen, so lange es hell sei. Und im Winter gehe er eben früh schlafen, um nicht frieren zu müssen. Holz für den Ofen könne er sich natürlich auch nicht leisten. Alle Leute im Dorf hatten Mitleid mit ihm und versorgten ihn ab und zu mit Gemüse und Obst aus ihren Gärten. Kurze Zeit nach seinem Tod wurde das Haus ausgeräumt, und in einer Truhe in einem Kellerloch, welches mit einer Klappe verschlossen war, fanden sich nahezu sechshunderttausend Euro! Unglaublich? Ja, aber wahr! Ich blickte zu Dimitrios und meine Gedanken gingen auf Fantasiereise. Sollte vielleicht auch Dimitrios …?

Da hellte sich sein Gesicht auf. »Aber heute freue ich mich auf ein leckeres Essen. Mein Freund aus Deutschland hat mich eingeladen, und da will ich ihm doch das Beste der griechischen Küche bieten. Und natürlich reichlich von allem! Ich denke, wir beginnen mit zwei Τσίπουρο-Μεζέδες, natürlich die Variante mit Fisch! Und den Tsipouro nicht zu knapp, bitte!«

Irgendwie fühlte ich mich wie im falschen Film. Hatte ich doch erwartet, dass Dimitrios mit mir über das Grundstück mit seinem verfallenden Elternhaus sprechen wollte und mir vielleicht das Angebot machte, es mir für einen einigermaßen erträglichen Preis zu überlassen. Nichts davon! Irgendwie hatte er mich überlistet. Natürlich machte es mir nichts aus, ihn zum Essen einzuladen und dabei selbst ein typisches und sicherlich sehr gutes griechisches Mahl zu genießen, aber ich hatte doch andere Hoffnungen gehabt. Sei´s drum! Jetzt war es eh nicht zu ändern, und vielleicht konnte ich ja doch noch einmal auf das Thema zu sprechen kommen.

Der Kellner brachte uns zwei Teller mit jeweils frittierten Sardinen, frisch gekochten Miesmuscheln, kleinen Tintenfischen, einer in Olivenöl schwimmenden Sardelle und verschiedenen Aufstrichen, dazu einen Korb mit geröstetem Brot, einen Krug mit Wasser und eine Karaffe mit Tsipouro.

Dimitrios prostete mir mit einem verschmitzten Lächeln zu, ich goss mein Glas mit Wasser voll und antwortete mit einem »Στην υγεία μας!«. Ich musste einen klaren Kopf behalten, war außerdem mit dem Auto da, und Autofahren und Alkohol passen meiner Ansicht nach einfach nicht zueinander. Als ich das Dimitrios erklärte, registrierte er dies mit einem Achselzucken und versicherte mir, dass er die Karaffe notfalls auch allein schaffe. Notfalls! Dann machten wir uns daran, unsere Teller mit Τσίπουρο-Μεζέδες zu genießen. Eins musste man Dimitrios lassen: Es schmeckte einfach fantastisch!

Und so schmackhaft ging es weiter: kross gebratener Wolfsbarsch, frittierte Scampi, gebratene Kartoffelscheiben mit darauf gestreutem, geriebenem Knoblauch und eine große Platte mit verschiedenen Salaten, Tomaten, Gurken, Rucola, Zwiebeln und Oliven! Dimitrios war dazu vom Tsipouro auf eine Karaffe Rotwein umgestiegen und genoss sichtlich alles Aufgetischte. Mir ging es nicht anders! Fast hatte ich vergessen, weshalb ich hier war und was ich mir von dem Treffen mit Dimitrios erhofft hatte, als dieser nach dem abschließenden Verspeisen des süßen, sehr süßen Grußes aus der Küche ganz beiläufig fragte: >>Und du willst wirklich mein Elternhaus als Gebäude erhalten, falls ich dir das Grundstück verkaufen sollte?<<

Dieser plötzliche Wechsel des Gesprächsstoffes verwirrte mich vollkommen, hatten wir doch in den vergangenen zwei Stunden bisher nur über das Essen, die herrliche Aussicht und das deutsch-griechische Verhältnis gesprochen. Daher konnte ich nur stotternd versichern: >>Ja, ja, natürlich! Das, das habe ich dir doch gestern gesagt. Aber wie kommst du jetzt darauf? Ich dachte … ich dachte, du wolltest nichts mehr von diesem Thema hören.<<

>>Wer sagt das denn? Du musst lernen, Geduld zu haben und nicht gleich mit der Tür ins Haus zu fallen. Eigentlich bist du ja alt genug, um diese Weisheit bereits erlangt zu haben. Aber ihr Deutschen seid anscheinend ja doch etwas anders getaktet als wir Griechen. Vor solch einer wichtigen Unterredung muss man zunächst einmal gut essen, sich Zeit lassen, etwas Gutes trinken, sich noch mehr Zeit lassen, und dann, wenn der Körper diese Genüsse verdaut hat, dann kann man über finanzielle Dinge reden. Aber auf gar keinen Fall mit leerem Magen!<<

Ich war sprachlos, einfach sprachlos, was Dimitrios mit einem Lachen kommentierte.

>>Ganz ruhig, jetzt atme erst einmal durch und dann reden wir weiter<<, sprachs und bestellte uns beim Kellner noch zwei griechische Kaffee: >>Sehr stark und sehr süß, bitte!<<

Wir tranken und schwiegen beide wieder. Ich befolgte Dimitrios´ Ratschlag und wartete auf eine Reaktion von ihm. Und die kam dann auch nach wenigen Minuten.

>>Ich habe mir das Ganze gründlich überlegt, hatte letzte Nacht Zeit genug dafür. In meinem Alter braucht man ja nicht mehr so viel Schlaf. Und da bin ich zu dem Entschluss gekommen, dir das Grundstück

mit dem Haus zu verkaufen. Du scheinst ein ehrlicher Kerl zu sein und wirst mein Elternhaus hoffentlich vor dem Verfall bewahren.<<

>>Das … das ist ja wunderbar! Ich weiß nicht, was ich sagen soll!<<, erwiderte ich.

>>Du brauchst noch gar nichts zu sagen. Erstmal müssen wir über die Modalitäten sprechen. Vielleicht willst du das Grundstück ja nicht mehr, wenn du hörst, welche Vorstellungen ich im Hinblick auf den Kaufpreis sowie einige Bedingungen habe<<, bremste Dimitrios mich in meiner Euphorie.

>>Natürlich muss ich erst den Kaufpreis wissen, bevor ich zusagen kann. Schließlich bin ich keiner der Milliardäre, welche du so verabscheust und welche das Bild des Boulevards mit ihren Hochhäusern verschandeln<<, entgegnete ich, inzwischen wieder etwas vorsichtiger geworden.

>>Ein Milliardär musst du nicht sein, um das Grundstück zu kaufen. Auch kein Millionär! Ich überschreibe dir alles für einen Kaufpreis von einem Euro.<< Dimitrios blickte mir direkt in die Augen. >>Was hältst du von diesem Angebot?<<

>>Was ich davon halte? Das kann nicht dein Ernst sein. Du machst dich über mich lustig. Nun sag, wieviel willst du wirklich für das Grundstück mit dem Haus haben?<<

>>Einen Euro! Ich scherze nicht. Für einen Euro verkaufe ich dir alles. Allerdings habe ich noch einige Bedingungen.<<

Ich musste tief durchatmen. Was kam nun? >>Welche Bedingungen? Was verlangst du denn von mir außer dem einen Euro, Dimitrios? Was hast du dir vorgestellt?<<

>>Erstens: Mein Elternhaus bleibt erhalten und wird von Grund auf renoviert!<<

>>Das habe ich dir doch schon zugesagt. Was verlangst du noch?<<

>>Zweitens: Wenn dein Hotel fertiggestellt ist, verlange ich eines der Zimmer für mich auf Lebenszeit.<<

Das hörte sich schon anders an! Im Kopf rechnete ich schnell aus, was das für einen Verlust für uns bedeuten würde. Acht bis zehn Zimmer hatte ich geplant. Der Verlust betrug also bei voller Auslastung maximal zehn bis zwölf Prozent. Und dies, so lange Dimitrios lebte. Er war zwar schon alt, aber Griechen können bekannterweise sehr alt werden! Trotzdem! Dafür lag der Kaufpreis knapp über dem Preis einer Busfahrkarte.

>>Okay, ich bin einverstanden<<, signalisierte ich.

»Hast du dir das wirklich genau überlegt? Bei so etwas muss man alle Eventualitäten bedenken«, bremste mich Dimitrios.

»Doch, das habe ich mir überlegt. Ich bin einverstanden. Waren das deine Bedingungen?«

»Nein, noch nicht alle! Drittens: Da ihr ja sowieso für eure Gäste und für euch kochen müsst, bekomme ich nicht nur Logis, sondern auch Kost frei. Lebenslang! Zum Frühstück brauche ich nicht viel und eine vernünftige Mahlzeit am Mittag oder Abend und ein Brot dazu reichen mir vollkommen.«

»Das lässt sich sicher auch noch machen. Sind wir damit fertig mit den Zusatzregelungen?«

»Nein! Viertens: Der Mensch lebt nicht vom Brot allein. Er muss auch etwas Flüssiges zu sich nehmen. Du verpflichtest dich, mir für jeden Tag einen halben Liter Wein und pro Woche eine Flasche Tsipouro zu kredenzen.«

So langsam musste ich mit meiner Kalkulation konkreter werden und zusammenrechnen, was diese zusätzlichen Vereinbarungen uns kosten würden. Pro Woche machte das ungefähr 20€, grob überschlagen. Machte im Monat ungefähr 90€, im Jahr also über tausend Euro. Dazu das Essen und der Verlust durch das nicht zu vermietende Zimmer. Trotzdem lag der Gesamtpreis damit noch unter dem Kaufpreis, den ich erwartet hatte. Sofern …

Dimitrios nicht uralt wird! Und wie du schon gesagt hast: Griechen können alt werden, können sehr alt werden! Du weißt: die mediterrane Kost, die Ruhe und Gelassenheit …

>>Auch damit bin ich einverstanden, sofern du nicht erwartest, dass ich dich mit Wein von Porto Carras und dem besten hier erhältlichen Tsipouro versorge.<<

>>Natürlich nicht! Ich bin genügsam, das solltest du doch schon erkannt haben. Und ich kann dir natürlich auch die Adressen geben, wo du beides gut und billig einkaufen kannst.<<

Wenn ich so auf unser gemeinsames Mittagessen zurückblickte, hatte ich so meine Zweifel im Hinblick auf Dimitrios´ Genügsamkeit. Aber das war unfair von mir! Dimitrios hatte einfach aus diesem wichtigen Gespräch etwas Besonderes, einen besonderen Tag mit einem besonderen Essen machen wollen. Und dazu hatte er allemal das Recht.

>>Dann haben wir jetzt alles besprochen. Wie soll es denn nun weitergehen?<< Mein Traum von einem eigenen Hotel nahm immer mehr Gestalt an.

>>Es gibt noch ein winziges Problem<<, räusperte sich Dimitrios.

>>Welches?<<, fragte ich in einer Mischung aus Angst und langsam aufkommendem Ärger nach.

>>Nun, es ist so: Bisher gibt es noch kein Hotel. Aber du bekommst die Rechte ja schon jetzt. Also sollte ich meine Rechte, sprich Wein und Tsipouro auch bereits jetzt bekommen. Auf die Verpflegung mit Essen verzichte ich, ich bin ja kein Unmensch!<<

>>Kein Unmensch, aber ganz schön gerissen<<, dachte ich bei mir. Aber was blieb mir schon anders übrig, als zuzustimmen. Doch Dimitrios war immer noch nicht ganz fertig.

>>Ein weiteres Problem könnte es natürlich noch geben<<, schränkte Dimitrios ein.

>>Welches?<<, fragte ich, inzwischen nun doch langsam ungeduldig werdend, nach.

>>Wie gesagt, gibt es ja noch kein Hotel. Und weiß der Himmel, vielleicht wird es aus irgendwelchen Gründen auch keins geben. Für diesen Fall tritt ein anderer Vertragstext an die Stelle der bisherigen Abmachungen. Wenn, sagen wir nach einer Zeitspanne von drei Jahren noch kein Hotel steht und somit mein Zimmer natürlich auch nicht bezugsfertig ist, beträgt der Kaufpreis für das Grundstück mit dem Haus 100 000 €uro.<<

Jetzt war ich wieder einmal sprachlos. Dieser gerissene Fuchs hatte jede Eventualität bedacht. Dabei sah er mich lächelnd an und fuhr fort: >>Liegt doch auch in deinem Interesse, dass etwas Druck gemacht wird, damit dein Hotel schnell steht. Du bist schließlich auch nicht mehr der Jüngste. Und für den Fall, dass es wirklich kein Hotel geben wird, ziehen wir die Kosten für meine flüssige Verpflegung in den drei Jahren natürlich von den 100 000€. Das ist doch fair? Oder?<<

Wie hatte er vor kurzer Zeit noch gesagt: >>Ganz ruhig, jetzt reg´ dich erst einmal ab, atme durch und dann reden wir weiter.<<

Und genau das würde ich machen. Zudem musste ich wohl oder übel Kerstin nun alles beichten, über das Gespräch mit Dimitrios berichten und ihre Meinung dazu hören. Und die war nicht weniger clever als Dimitrios! Da stand mir noch etwas bevor!

>>Dimitrios, das Essen mit dir hier heute war eine Freude! Es hat fantastisch geschmeckt! Und dein Angebot bezüglich des Kaufpreises kann ich natürlich nicht ausschlagen, aber über die vielen Bedingungen muss ich mit meiner Frau sprechen. Schließlich wollen wir das Hotel gemeinsam betreiben und natürlich auch gemeinsam finanzieren. Was hältst du davon, wenn wir uns morgen oder übermorgen noch einmal gemeinsam mit meiner Frau treffen und dann alles Weitere bereden?<<, fasste ich als Fazit unseres Gespräches zusammen.

>>Natürlich, gerne! Du weißt doch: Alles gut überdenken, nicht mit der Türe ins Haus fallen! So lautet meine Devise. Und außerdem muss man die Frauen in solche Entscheidungen einbeziehen. Zumindest müssen sie das Gefühl haben, dass sie das letzte Wort haben, auch wenn dies nicht so ist und sie letztlich nur die Meinung ihres Partners teilen<<, erklärte Dimitrios sich einverstanden.

Mit seinem Frauenbild da täuschte sich der schlaue Fuchs. Sollten die griechischen Frauen wirklich so leicht zu manipulieren sein? Das konnte ich mir nicht vorstellen. Und auf jeden Fall kannte er Kerstin noch nicht, würde sie aber noch kennen lernen. Da war ich mir sicher.

Ich bezahlte die überraschend niedrige Rechnung für ein solch hervorragendes Mahl, wir gingen die Stufen zum Parkplatz hinunter, und dann fuhr ich Dimitrios nach Hause. Wir verabschiedeten und umarmten uns, nicht ohne uns für den nächsten Tag verabredet zu haben.

Was würde dieser nächste Tag wohl bringen? Aber zunächst: Was würde das Gespräch mit Kerstin wohl bringen?

9

Am nächsten Morgen fuhren Kerstin und ich gemeinsam los, um Dimitrios in Angelochori abzuholen und dann mit ihm in einem Café am Boulevard in Peraia sein Angebot zu besprechen.

Erstaunlicherweise war das Gespräch mit Kerstin am Vorabend ganz anders verlaufen, als ich erwartet hatte. Als ich ihr meinen bisher verheimlichten Grund für die Besuche bei Dimitrios gebeichtet und seine Forderungen für einen Verkauf des Grundstücks und des Hauses berichtet hatte, wurde Kerstin zu meiner Überraschung nicht etwa ärgerlich über meine Heimlichtuerei oder meckerte über meine Hotelpläne, sondern befasste sich direkt mit Dimitrios´ Forderungen. Ausschlaggebend war wohl, dass die unmittelbar von uns zu zahlende Kaufsumme von nur einem einzigen Euro bedeutete, dass es nicht nötig sein würde, unser Haus in Deutschland zu verkaufen, und so auch den inzwischen dort lebenden Mietern nicht gekündigt werden musste. Damit falle also, so Kerstin, höchstens eine geringe Hypothek auf unser Haus in Deutschland für die Renovierungsarbeiten am Hotel an, falls unsere Rücklagen nicht ausreichten. Die anderen Forderungen von Dimitrios fand Kerstin auf Grund seines Alters von weit über achtzig Jahren akzeptabel. Er würde ja wohl kaum noch Jahrzehnte leben! Lediglich die Vereinbarung, dass 100 000€ zu bezahlen wären, falls das Hotel nach drei Jahren nicht eröffnet wäre, wollte sie auf jeden Fall mit Dimitrios verhandeln, da sonst unsere Existenz bedroht sei. Meine Frau schaltete sich tatsächlich in die Verwirklichung der Hotelpläne ein!

Was bleibt ihr schon anderes übrig, Klaus? Gut, dass nun jemand mit klarem Kopf und Verstand gemeinsam mit dir über deine Pläne schaut und verhandelt.

Kerstin und Dimitrios schienen sich auf Anhieb sympathisch zu finden, und so chauffierte ich uns guter Dinge und voller Hoffnung nach Peraia, parkte in der Nähe des Boulevards, und wir schlenderten am Meer entlang bis zu dem hoffentlich bald uns gehörenden Grundstück. Versonnen blickte Dimitrios auf sein Elternhaus beziehungsweise auf das, was von ihm noch übrig war, und seufzte: >>Alles so lange her! So lange!<<

Dann gingen wir langsam weiter bis zu einem Café, welches im Obergeschoss eine schattige Terrasse bot, von welcher man einen Blick über den ganzen Golf von Thermeikos bis Thessaloniki hatte. Dort ließen wir uns nieder. Kerstin und ich bestellten für uns Freddo Cappuccino, also eiskalten Cappuccino, für Dimitrios auf seinen Wunsch ein Viertel Weißwein.

Nach ein paar Minuten Small Talk über das Wetter in diesem Jahr, die steigenden Kosten für Brot sowie andere Lebensmittel und die mangelnde Aktivität der Gemeindeverwaltung, ihren Aufgaben für die Sauberhaltung des Strands und der Straßen nachzukommen, kamen wir dann auf das Thema zu sprechen, für welches wir uns verabredet hatten.

>>Habt ihr euch überlegt, ob ihr immer noch das Grundstück mit meinem Elternhaus kaufen wollt und ob euch meine Vorschläge akzeptabel erscheinen?<<, fragte Dimitrios.

Bevor ich antworten konnte, ergriff Kerstin das Wort. >>Die meisten Bedingungen sind okay. Allerdings haben wir ein Problem mit der Forderung, dass in dem Falle, dass nach drei Jahren noch kein Hotel eröffnet sein wird, wir 100 000€ zu zahlen haben. Das können wir so nicht akzeptieren!<<

>>Ihr müsst verstehen, dass ich mich irgendwie absichern muss, falls das Hotel in der Zeit nicht gebaut wird, ich also auch kein Zimmer dort erhalte und bei einem Kaufpreis von einem Euro somit praktisch leer ausgehe<<, erwiderte Dimitrios.

Bevor ich darauf antworten konnte, hatte sich Kerstin bereits wieder an Dimitrios gewendet. >>Das verstehen wir ja, aber ich möchte dir einen Gegenvorschlag machen. Wir verlängern die Frist für den Bau des Hotels auf fünf Jahre, und so lange erhältst du nicht nur wie vereinbart Wein und Tsipouro, sondern jede Woche auch noch eine Kiste mit Lebensmitteln vom Markt. Tomaten, Gurken, Kartoffeln, sonstiges Gemüse, Obst, Eier und so weiter. Und das für fünf Jahre! Dafür gibt es nach den fünf Jahren keine zusätzliche Zahlung für das Grundstück und das Haus, falls das Hotel nicht eröffnet ist. Was hältst du davon?<<

Ich war zum Zuschauer degradiert und blickte wie bei einem Tennismatch von einer Seite zur anderen, von Dimitrios zu Kerstin, von Kerstin zu Dimitrios … Vorteil Dimitrios … Einstand … Vorteil Kerstin …

>>Nicht schlecht, dein Vorschlag. Aber davon klingelt auch nichts in meiner Kasse<<, gab Dimitrios zu bedenken.

>>Muss es ja auch nicht, denn aus deiner Kasse geht ja auch nichts raus. Was brauchst du denn außer Obst, Gemüse, Eiern, Wein und Tsipouro sonst noch? Nichts!<<

>>Doch! Tägliches Brot fehlt noch und Toilettenpapier!<< So schnell ließ sich Dimitrios nicht kleinkriegen.

>>Okay, dafür sorgen wir auch noch. Bist du dann zufrieden? Komplettversorgung fünf Jahre lang, falls das Hotel nicht vorher steht und du dich dann schon ins gemachte Bett beziehungsweise Zimmer setzen kannst. All inklusive natürlich!<<

„Und was ist mit meiner Strom- und Wasserrechnung und der Rechnung für die Gemeindeabgaben? Die bezahlt sich nicht von alleine. Und Enfia für zwei Häuser auch nicht!<<

Enfia, die Grundsteuer, war in Griechenland vor einigen Jahren sehr zum Unverständnis der Griechen eingeführt worden. Weshalb sollte man für etwas bezahlen, was einem gehörte? Auch wenn die anderen Europäer so dumm waren!

Das Match wogte hin und her, keiner wollte nachgeben! Noch war nicht abzusehen, wie der Kampf endete.

Kerstin erhob ihren Blick zum Himmel und seufzte. Hier schienen zwei knallharte Geschäftsleute aufeinander getroffen zu sein. Ich sah Kerstin mit völlig anderen Augen als bisher. Vielleicht sollte ich ihr immer alle geschäftlichen Dinge überlassen!

>>Das müssen wir erst überschlagen. Was bezahlst du für Strom, Wasser und Enfia im Jahr?<<

>>Strom verbrauche ich kaum, Wasser auch nicht, aber der Mindestsatz für Wasser liegt bei 30 Kubikmetern, auch wenn du nur drei brauchst. Gemeinde, Fernsehen, Enfia? Lasst mich überlegen …! Macht Summa Summarum ungefähr 800€ pro Jahr<<, addierte Dimitrios seine Ausgaben.

>>Puh! Mal fünf Jahre macht das 4000€ zusätzlich. Das ist nicht gerade wenig, aber okay! Sind wir uns einig<<, fasste Kerstin zusammen.

Matchball?

>>Moment! Bisher haben wir nur von den fünf Jahren geredet. Bleibt immer noch die Frage, was ist, wenn das Hotel überhaupt nicht aufgemacht wird. Dann stehe ich nach fünf Jahren ohne Geld, ohne Zimmer, ohne irgendetwas da. Das geht gar nicht! Die Abmachung muss schon auf Lebenszeit gelten, wenn das Hotel nicht eröffnet wird<<, beharrte Dimitrios, und natürlich hatte er recht. Sein hohes Lebensalter ignorierte er einfach, die fünf folgenden, abgesicherten Jahre schienen für ihn nur ein kleiner Teil der ihm verbleibenden Lebenszeit zu sein. Und für die folgenden brauchte er eben Sicherheit! So optimistisch müsste jeder sein!

Matchball abgewehrt!

>>Einverstanden! Dazu wird es ja hoffentlich nicht kommen<<, warf ich jetzt ein und ignorierte Kerstins strengen Blick.

>>Da ist nur noch eins<<, sagte Dimitrios fast verschämt.

>>Was denn jetzt noch?<< Kerstin reichte es langsam.

>>Ich habe mir fest vorgenommen, dem Heim für Tiere in Epanomi etwas zu vermachen, wenn ich sterbe. Und woher soll ich das nehmen, wenn ich doch kein Geld mehr habe?<<

Kerstin übernahm wieder die Gesprächsführung, mir blieb wieder nur der Blick von einem zum anderen.

>>Du hast Geld, Dimitrios! Du gibst ja gar nichts mehr aus, wenn du alles von uns erhältst!<<

>>Vielleicht könntet ihr bis zu meinem Tode jedes Jahr 200€ dafür zurücklegen. Ja?<<

>>Nein, Dimitrios! Jetzt reicht es, sonst platzt der Deal doch noch, was schade für uns alle wäre!<<

>>Vielleicht 150€?<<

>>Nein!<<

>>100€? So lange lebe ich doch nicht mehr. Auf die paar Euros kommt es doch gar nicht an. Denkt doch mal an die armen Tiere! Die haben sonst nichts zu fressen, und auf der Straße werden so viele bei der Nahrungssuche von Autos erfasst und getötet.<<

>>Du machst mich fertig, Dimitrios! Meinetwegen!<<

Mit dem Appell, für die Tiere etwas zu spenden, hatte Dimitrios Kerstins schwachen Punkt getroffen.

>>Seid ihr jetzt fertig mit eurer Feilscherei? Man fühlt sich ja wie auf dem Basar!<<, beendete ich die Verhandlungen und entschied auf Unentschieden. Oder besser: Sieg für beide!

>>Feilscherei? Wir haben uns doch nur friedlich über die Modalitäten des Vertrags ausgetauscht<<, tönte es von beiden Seiten wie aus einem Munde. >>Du bist vielleicht empfindlich!<<

Per Handschlag wurde die Vereinbarung besiegelt. Im Hinblick auf die offizielle Abfassung des Vertrags machte Dimitrios dann noch einen Vorschlag.

>>Ich kenne einen Rechtsanwalt, den Sohn eines alten Freundes, bei dem ich noch etwas guthabe. Für ein paar hundert Euro erledigt der alles für uns. Ihr kennt ja sicher das System des „φακελάκι" oder? Man, das heißt in diesem Falle „ihr", steckt ein paar Scheinchen in einen Umschlag, und schon klappt alles! Griechisches Geheimrezept!<<

Nach diesen Worten über die funktionierende griechische Vetternwirtschaft brachten wir Dimitrios nach Hause, verabschiedeten uns per Umarmung und fuhren zurück in unsere Wohnung. Viel zu sagen gab es an diesem Abend nicht mehr, die Geschäftsvereinbarungen hatten uns erschöpft. Ob Dimitrios das auch so erging? Ich hatte da so meine Zweifel!

Jetzt bin ich doch gespannt, wie es weitergeht! Dimitrios hat jedenfalls nichts zu befürchten, er ist für den Rest seines Lebens abgesichert. Schön, wenn man das in seinem Alter sagen kann! Und wie es mit der Verwirklichung eurer beziehungsweise deiner Pläne aussieht, Klaus, werden wir ja bald erfahren.

10

Wie Dimitrios bereits angekündigt hatte, konnte er schnell mit dem von ihm vorgeschlagenen Rechtsanwalt einen Termin vereinbaren. So trafen wir uns nur wenige Tage später mit diesem bei Dimitrios, um die Einzelheiten unserer Abmachung in Form eines Vertrags rechtsgültig zu machen. Dies gestaltete sich jedoch nicht ganz so einfach, wie wir uns das vorgestellt hatten.

Zwar war uns auf Grund unserer Erfahrungen beim Kauf unserer Wohnung bewusst, dass ein Rechtsanwalt hinzugezogen werden musste, da Notarinnen und Notare in Griechenland in keiner Weise beratend oder die Vorgaben überprüfend in Aktion treten, sondern lediglich die ihnen vorliegenden Dokumente beurkunden, doch hatten wir wohl die Besonderheiten eines solchen Vertragsabschlusses aus unserem Gedächtnis getilgt. Warum wohl? Der uns nun beratende Rechtsanwalt konnte sie jedoch äußerst geschickt und kompetent wieder aus den Tiefen unserer Gehirnwindungen hervorzaubern.

>>Ihnen ist ja sicherlich klar, dass wir vor dem eigentlichen Vertrag und selbstverständlich der notariellen Beurkundung zunächst einen sogenannten Vorvertrag gleichen Inhalts wie des endgültigen Vertrags abschließen müssen, welcher zur Ermittlung der Grunderwerbssteuer dem Finanzamt vorgelegt werden muss, bevor weitere Schritte unternommen werden können. Nur nach Zahlung der vom Amt genann-

ten Summe kann dann ein notariell beglaubigter Kaufvertrag abgeschlossen werden«, klärte er uns auf.

»Sicherlich ist uns dies bekannt, wir sind lediglich davon ausgegangen, dass bei einer Kaufsumme von nur einem Euro keine Grunderwerbssteuer anfallen würde«, versuchte ich nun meinerseits unsere Fachkompetenz ins Gespräch einzubringen.

»Da liegen Sie leider nicht ganz richtig. Sie müssen zunächst gemeinsam mit dem Verkäufer eine Grunderwerbssteuererklärung abgeben, und zwar bei dem Finanzamt, in dessen Bereich die Immobilie liegt. Die dann dort ermittelte Summe muss, bevor der Kaufvertrag beim Notar unterzeichnet wird, bereits entrichtet sein. Zur Höhe der Grunderwerbssteuer ist zu sagen, dass diese zwar üblicherweise ungefähr sieben bis neun Prozent des nominellen Kaufpreises beträgt, das Finanzamt jedoch die Höhe entsprechend des objektiven Grundstücks- und Gebäudewertes ansetzt, welcher ebenso vom Finanzamt festgelegt wird. Und dieser objektive Wert wird sicherlich über der Kaufsumme von einem Euro liegen«, versicherte unser Rechtsbeistand mit süffisantem Lächeln. »Übrigens sind diese objektiven Werte in den letzten zehn Jahren drastisch erhöht worden, durchschnittlich um dreißig, in manchen Gegenden sogar um hundert Prozent.«

Schöne Aussichten!

»Wie hoch liegt denn vermutlich der objektive Wert des Grundstücks und der Immobilie«, fragte Kerstin.

>>Das werde ich im zuständigen Finanzamt erfragen und dann diesen Wert in den Vorvertrag und dem entsprechend auch in den gültigen Kaufvertrag einsetzen<<, erklärte der Rechtsanwalt.

>>Aber wir haben uns doch auf einen symbolischen Wert von einem Euro geeinigt<<, wendete ich noch einmal ein.

>>Natürlich! Das bleibt ja auch dabei. Der wirkliche Kaufpreis wird meist sowieso nur mündlich vereinbart und taucht im Vertrag nicht mehr auf<<, beruhigte der Rechtsanwalt mich. >>Da er fast immer höher als der vom Finanzamt angesetzte Wert liegt, hat der Käufer trotz der nicht zu umgehenden Ansetzung durch das Finanzamt eine geringere Grunderwerbssteuer zu zahlen, als wenn dieser meist höhere Kaufpreis konkret genannt wird. Und den Preis von einem Euro glaubt euch ja sowieso keiner.<<

Wieder einmal ein spezielles griechisches Verfahren eben! Einwenden ließ sich dagegen jedoch nichts, und so fragte ich, welche Unterlagen wir noch zu besorgen hätten.

>>Von euch brauche ich eure griechische Steuernummer, die sogenannte ΑΦΜ, und zwar von beiden, dann noch die Bestätigung, dass ihr Inhaber eines griechischen Bankkontos seid.<<

>>Das ist kein Problem. Wir haben beide eine griechische Steuernummer, und das Bankkonto werden wir einrichten. Bis vor kurzem war dies ja wegen der herrschenden Kapitalkontrolle in Griechenland leider nicht möglich. Inzwischen gilt diese ja wegen des wirtschaftlichen Aufschwungs in Griechenland

nicht mehr. Capital Control away!<<, versicherte ich mit einem Lächeln.

Da wirst du dich noch wundern, Klaus! Capital Control away, aber griechische Bürokratie in den Banken immer noch präsent! Aber ich will dir nicht vorgreifen.

>>Von dir, Dimitrios, benötige ich neben der Besitzurkunde über das Grundstück und Gebäude noch den Vermessungsplan, die Baugenehmigung, den Beleg des Finanzamtes über die Grunderwerbssteuer und die Belege über die jährlich gezahlte Grundsteuer<<, fuhr der Rechtsanwalt fort. >>Die Baugenehmigung muss dann allerdings noch mit dem aktuellen Bauzustand verglichen werden.<<

>>Bitte was?<< Dimitrios riss die Augen weit auf und schüttelte ungläubig den Kopf. >>Alles, was ich vorlegen kann, sind die Quittungen über die in den letzten Jahren gezahlte Grundsteuer. Übrigens eine Unverschämtheit! Wieso soll ich für etwas bezahlen, was mir gehört?<<

>>Und was ist mit den übrigen Unterlagen?<<, fragte unser Rechtsbeistand etwas verunsichert nach.

>>Die habe ich natürlich nicht! Die gibt es nämlich gar nicht. Als meine Eltern das Haus gebaut haben, verlangte man so etwas nicht. Sie haben ein freies Grundstück gesucht und ein Haus drauf gebaut. Fertig! Mein Vater hätte gelacht, wenn jemand von einer Besitzurkunde und einer Baugenehmigung gesprochen hätte. Von einem Vermessungsplan ganz zu schweigen!<<

Adieu, du schöner Plan von einem Hotel am Boulevard! Es wäre so schön gewesen!

>>Okay<<, fuhr der Rechtsanwalt fort. >>Kein Problem!<<

Kein Problem? Bitte was? Kein Problem? Ich fühlte mich wie im falschen Film. Da wurde gerade meine Zukunft als Hotelier zerstört! Und das sollte kein Problem sein?

>>Dann müssen wir eben das griechische Recht der „Ersitzung" anwenden<<, konstatierte der Rechtsanwalt.

>>Und was bedeutet das?<<, schaltete sich jetzt auch Kerstin wieder in das Gespräch ein.

>>Das griechische Recht der Ersitzung bedeutet, dass jemand, welcher ein Grundstück gutgläubig erworben hat, dieses nach zehn Jahren als Eigentum besitzt. Bei bösgläubigem Erwerb dauert die Frist zwanzig Jahre. Da du, Dimitrios, in den letzten zwanzig Jahren das Grundstück weder gekauft noch verkauft hast, spielt es keine Rolle, ob deine Eltern es gut- oder bösgläubig erworben haben. Die Ersitzung des Grundstücks wird entweder vom Gemeindevorsteher oder zwei Zeugenaussagen in einem Gerichtsverfahren belegt. Und zwei Zeugen wirst du sicherlich finden. Mit mir hast du bereits einen Zeugen<<, lachte er. >>Allerdings muss ich einen Erbschein besorgen, da du diesen sicherlich nicht hast.<<

>>Den brauchst du doch nicht<<, winkte Dimitrios ab. >>Da meine Eltern schon mehr als zehn Jahre tot sind, habe ich das Grundstück mit Gebäude eben >>gutgläubig in Besitz genommen<<, grinste er.

Nicht zum ersten Mal konnte ich feststellen, dass Dimitrios ganz schön gerissen war!

>>Mich würde jetzt aber interessieren, was gutgläubig und was bösgläubig bedeutet<<, fragte Kerstin nach.

>>Das ist ganz einfach. Bösgläubig bedeutet, dass man weiß, dass man selbst nicht der Eigentümer des Objektes ist, sondern eine andere, unbekannte Person. Gutgläubig dagegen bedeutet, dass man dies nicht gewusst hat<<, erklärte der Anwalt.

Konnte es denn überhaupt ein Grundstück geben, dass absolut niemandem, weder einer Privatperson noch einer Gemeinde oder dem Staat gehörte? Konnte man also überhaupt ein Grundstück gutgläubig in Besitz nehmen? Egal! Wieder einmal hatten wir gelernt, dass im Süden Europas manches eben anders geregelt ist als in Deutschland.

>>Bevor du nachfragst, Klaus: Ich konnte doch nicht wissen, ob meine Eltern die Eigentümer waren oder einfach nur dort wohnten. Daher habe ich Haus und Grundstück natürlich gutgläubig, nicht bösgläubig in Besitz genommen. Ich konnte doch nicht wissen, ob es irgendeinen Eigentümer gab<<, erklärte Dimitrios mit einem Augenzwinkern, als er bemerkte, dass ich zweifelnd die Stirn krauszog.

>>Richtig! Nun müssen wir in eurem Interesse nur noch überprüfen, ob das Gebäude auch die vorgeschriebenen fünfzig Meter Abstand von der Sommerwasserlinie hat, da es sich im weitesten Sinne um ein Strandgrundstück handelt.<<

»Was bedeutet das nun wieder?«< So langsam war mein Reservoir an Geduld aufgebraucht.

»Das ist wegen des stärkeren Hochschlagens der Wellen im Winter in Folge des gestiegenen Meeresspiegels so festgesetzt worden. Früher musste man nur dreißig Meter Abstand einhalten«, folgte prompt die Erklärung.

Genug! Genug!

»Dann habe ich noch zwei Fragen: Bis wann können Sie den endgültigen Vertrag für den Notar vorbereiten, und welche Summe beträgt Ihr Honorar«, hakte Kerstin nach.

»Die Aufstellung des Vertrags wird zwei bis drei Wochen dauern, denke ich. Und was das Honorar angeht, geben Sie einfach so viel, wie meine Arbeit Ihnen wert ist«, beantwortete der Rechtsanwalt Kerstins Fragen mit einem Lächeln.

Präziser kann eine Antwort kaum sein!

Nachdem er sich dann von uns verabschiedet und das Haus verlassen hatte, fragte ich Dimitrios, wieviel wir dem Rechtsanwalt nach seiner Ansicht bezahlen sollten und auf welchem Wege wir ihm das Geld zukommen lassen sollten. Die in Deutschland übliche Art, dies per Überweisung zu erledigen, zogen wir auf Grund der in Griechenland bevorzugten „persönlichen Kontakte" bei Geldangelegenheiten nicht in Betracht, was prompt von Dimitrios bestätigt wurde.

»Ihr kennt doch inzwischen das griechische System der Honorierung von Dienstleistungen. Steckt einfach zwei lila Scheine in einen Briefumschlag, gebt ihn mir und ich werde ihn weiterleiten<<, antwortete Dimitrios.

Wieder einmal machte sich das Teufelchen in meinem Gehirn bemerkbar: Warum zwei lila Scheine? Einen für den Anwalt und einen für dich, Dimitrios?

So verabschiedeten wir uns von unseren griechischen Geschäftspartnern, und gespannt harrten wir der Dinge, welche sich in den nächsten beiden Wochen ergeben sollten. Wirklich nur zwei Wochen? Mal sehen!

11

Zwei Wochen? Zwei Wochen! Und noch zwei Wochen! Und noch zwei Wochen! Aber dann! Dann waren tatsächlich alle Unterlagen beisammen, welche nötig und noch erhältlich waren. Oder eben einfach neu ausgestellt werden mussten, wie zum Beispiel der doch unbedingt notwendige Erbschein und zudem die Besitzurkunde durch gutgläubigen Erwerb des Grundstückes durch Dimitrios´ Eltern. Wie dies möglich gewesen war? Alles ganz unbürokratisch korrekt!

Natürlich hatte unser Rechtsanwalt auch geprüft, ob in den vergangenen zwanzig Jahren eine andere Person das Grundstück gutgläubig oder bösgläubig erworben hatte. Zudem war bereits der Vermesser auf dem Grundstück sowie im Haus gewesen, hatte sämtliche Maße festgestellt und eingetragen. Seit es in Griechenland ein Katasteramt gibt, ist dies nämlich zunächst für alle zu veräußernden Gebäude und schließlich auch für alle weiteren verpflichtend. Da liegt noch ein großes Aufgabenfeld vor der griechischen Verwaltung! „Packen wir´s an!", so oder so ähnlich könnte der Slogan lauten. Oder vielleicht doch: „Warten wir´s ab!". Rom wurde schließlich auch nicht in einem Tag erbaut.

Natürlich hatten auch die beiden lilafarbenen Scheine bereits den Besitzer gewechselt, und dem Weg zum Notar stand somit nichts mehr im Wege. Dort ging es dann unerwartet schnell weiter. Der Text des Vertrags wurde vorgelesen, ohne dass – anders als beim damaligen Kauf unserer Wohnung – ein Übersetzer anwesend sein musste. Wenn man die richtigen Personen und zudem deren „gute Freunde" kennt, geht halt alles etwas schneller, aber das ist ja in Deutschland auch nicht viel anders. Die richtigen „Connections", wie man in gutem Neudeutsch sagt, sind meist entscheidend. Kerstin, Dimitrios und ich als Verhandlungspartner unterzeichneten das Dokument, erhielten je eine Kopie, man schüttelte sich die Hände, und alle waren glücklich, so schnell zu ihrem Ziel gelangt zu sein: Verkäufer, Käufer, Rechtsanwalt, Notar und der anwesende Vermessungsbeamte, der schließlich auch noch auf sein Honorar wartete.

Nachdem dann auf diese Weise einige weitere bunte Geldscheine ihren Besitzer gewechselt hatten, natürlich ohne Quittung über deren Erhalt oder eine Bescheinigung, weshalb dieses Geld seinen Weg von hier nach da genommen hatte, war es tatsächlich soweit: Wir waren Besitzer eines Hotels oder jedenfalls dessen, was mal ein Hotel werden sollte!

Dass der verlesene Vertragstext nichts von dem enthielt, was als zusätzliche Vereinbarungen zwischen Dimitrios und uns festgelegt worden war, sollte uns nach Worten des Rechtsanwalts nicht stören. Er habe ja diesen Vertrag bei sich unter Verschluss und könne ihn, wenn wir dies wünschten, für uns fotokopieren. Die Notarin hätten diese Punkte nicht zu interessieren, schließlich handele es sich ja nur um ein paar Abmachungen unter Freunden. Sei's drum! Die Zukunft würde zeigen, welche Vereinba-

rungen wann in Kraft treten würden. „Würde zeigen"
und „treten würden", Konjunktiv! Für die Wirklich-
keitsform war es noch viel zu früh!

So verabschiedeten wir uns von Dimitrios und
dem Rechtsanwalt, welcher uns noch ein paar auf-
munternde Worte mit auf den Weg gab: >>Dann wollen wir mal hoffen, dass das Ausmaß der Renovierungsarbeiten keine Baugenehmigung von der zentralen Behörde in Athen erfordert und vor allem keine
archäologischen Funde dabei entdeckt werden, denn
das kann zu einem mehrjährigen Baustopp führen.
Aber im Notfall wisst ihr ja, wie ihr mich erreichen
könnt.<<

Schöne Aussichten! Aber inzwischen hatten
wir uns einen Teil der griechischen Gelassenheit an-
geeignet und diese mit der Kölner Gelassenheit kom-
biniert: „Et is wie et is." … „Et kütt, wie et kütt." …
„Wat wellste maache?" … „Et hätt noch immer jot
jejange." …

Hoffentlich!

12

Der nächste Morgen:
War das wirklich wahr? Oder doch nur ein Traum? Waren wir tatsächlich Besitzer eines Hotels?

Der Begriff „Hotel" scheint mir doch etwas übertrieben für eine Menge alter, brüchiger Steine! Mal schauen, was da noch so alles auf dich zukommt!

Der unterschriebene Vertrag lag vor mir auf dem Tisch, ich träumte also nicht, sondern befand mich in der Wirklichkeit. Aus einem Traum war Realität geworden! Kaum zu glauben! Doch jetzt galt es, an die Arbeit zu gehen, um diesen Traum von dem eigenen Hotel auch optisch in die Tat umzusetzen. Ich listete auf, welche nächsten Schritte zu unternehmen waren:

Erstens: Anwerbung eines Arbeitsteams für grundlegende Renovierungsarbeiten.

Zweitens: Verpflichtung von Installateuren und Elektrikern.

Drittens: Anschaffung von Möbeln für die Zimmer und das Restaurant.

Viertens: Auswahl der Garten- bzw. Außenmöbel und der Küchenausstattung.

Fünftens: Suche nach Angestellten für die Reinigung der Zimmer und für die Bedienung im Restaurant.

Sechstens: Verpflichtung eines Küchenteams.

Siebtens: Beratung mit der Heimatbank in Deutschland über die Finanzierung des Projektes. Oder dies besser als ersten Schritt? Da bin ich mir nicht so sicher.

Achtens: Einholen noch notwendiger Genehmigungen für Unternehmer eines Beherbergungs- und Bewirtungsbetrieb von den griechischen Behörden.

Neuntens: ...

Wann war ich denn endlich am Ende der Liste angekommen?

Na, Klaus, wird dir langsam klar, auf was du dich da eingelassen hast?

Ich musste mir einen konkreten Plan aufstellen, wann und wie ich welchen Punkt angehen wollte. Aber zunächst musste ich nun erstmal auf den Markt, um meine Freude mit jemandem zu teilen. Und wer eignete sich besser dazu als meine Freunde vom Markt?

So traf ich wenige Minuten später am Marktstand von Grigori ein, wo sich wieder einmal die bekannten Akteure zu einem morgendlichen Gespräch über alles und nichts versammelt hatten.

Ich war kaum angekommen, da schob mir Kees schon einen Hocker zu, klopfte mir auf die Schulter und sagte grinsend: >>Na, dann erzähl uns mal, weshalb du heute so guter Laune bist, Klaus! Hat

Kerstin dich etwa so früh am Morgen schon rangelassen?«

>>Allgemeines Gelächter, begleitet von Klopfen auf die Schenkel!

>>Blödmann! Woher willst du überhaupt wissen, dass ich gute Laune habe?«

>>Das kann man nun wirklich nicht übersehen, so wie du strahlst. Du leuchtest ja geradezu von innen! Na los, erzähl! Was gibt es so Tolles?«

So berichtete ich dann stolz, dass der Vertrag über den Verkauf des Grundstücks und des Gebäudes notariell beglaubigt war, Kerstin und ich also Besitzer der Parzelle waren und ich mit der Planung des Hotels begonnen hatte. Alle beglückwünschten mich, und natürlich musste darauf ein Gläschen Tsipouro geleert werden. Von den in der Vergangenheit von allen Freunden geäußerten Zweifeln, ob ich mit dem Plan, ein Hotel zu eröffnen, wirklich eine so gute Idee hatte, war glücklicher Weise an diesem Morgen keine Rede mehr.

>>Und wie geht´s jetzt weiter, Klaus? Hast du schon konkrete Pläne?«, fragte Jascha.

>>Sicher, so etwas muss man ganz detailliert und überlegt angehen! Das ist die Grundvoraussetzung dafür, dass man das gewünschte Ergebnis erzielt, dass der Plan gelingt«, antwortete ich im überzeugten Ton des erfahrenen, erfolgreichen Geschäftsmannes.

Soll man etwa in der Weise vorgehen, wie du das machst, Klaus? Als ein in etlichen Aktionen bereits geübter Investor?

>>Zunächst werde ich einmal Kontakt zu einem Immobilienmakler aus Limenas aufnehmen, den ich vor Jahren, als wir eine Ferienwohnung gesucht haben, kennen gelernt habe. Der hat damals davon gesprochen, dass er uns eine Arbeitskolonne für Renovierungsarbeiten zu einem günstigen Preis besorgen könne<<, erklärte ich.

>>Dazu brauchst du aber nicht ihn zu bemühen. So etwas gibt es nicht nur auf Thassos. Das kannst du auch hier vor Ort haben. Es gibt genügend Albaner, die für einen geringen Lohn jede Arbeit annehmen<<, sagte Ioannis.

>>Das weiß ich, aber ich brauche Leute, die etwas von ihrer Arbeit verstehen. Sonst steht mein Hotel von Anfang an buchstäblich auf wackligen Füßen.<<

>>Ναι! Ναι! Ναι!<<, betonte Ionnis, was im Gegensatz zum kölschen „Nee! Nee! Nee!" im Griechischen „Ja! Ja! Ja!" bedeutet. So leicht kann man sich missverstehen! >>Natürlich müssen die Arbeiten vernünftig, und zwar fachmännisch ausgeführt werden<<, fuhr Ioannis fort. >>Aber das ist kein Problem, denn es gibt Griechen, die aus der Baubranche kommen und sich selbstständig gemacht haben, indem sie sich mit der Zeit ein Team von guten Arbeitern zusammengestellt haben. Natürlich muss man zugeben, dass sie beim Amt nicht alle Arbeiter angemeldet

haben und selbst am meisten absahnen, aber das ist ja nicht dein Problem. Hauptsache, dass ihr euch auf einen vernünftigen Preis einigen könnt. Wichtig ist allerdings, dass du mit diesem Vermittler einen Pauschalpreis für die Arbeiten aushandelst und nicht etwa einen Stundenlohn für die Arbeiter. Denn das könnte teuer werden! Ob und wie der Chef dann seine Leute ausnutzt, soll dir doch egal sein.<<

Sollte mir natürlich nicht egal sein! Aber das wäre wahrscheinlich bei allen anderen Arbeitsteams auch so, nicht nur in Griechenland! In Deutschland läuft es doch oft nicht anders. Da werden Leute namentlich als Arbeiter genannt, die aber nur am ersten Tag erscheinen und dann durch andere, billigere Arbeitskräfte oder gar Probearbeiter und Praktikanten ersetzt werden, während sie auf einer anderen Baustelle wieder für einen Tag oder für ein paar Tage erscheinen. Ähnliche Erfahrungen hatte ich selbst mit einer Firma bei der Behebung eines Brandschadens gemacht. Und man denke nur an die Leiharbeiter, die werden oft auch gnadenlos ausgenutzt, bekommen geringeren Lohn als andere und Verträge mit kurzer Laufzeit. Überall geht es doch nur um den größtmöglichen Profit!

>>Und wie finde ich einen solchen Vermittler für ein Arbeitsteam oder Vorarbeiter? Egal, wie wir ihn nennen. Die stehen doch sicherlich nicht im Branchenverzeichnis!<<, fragte ich mit einer gehörigen Portion Ironie nach.

>>Dazu hast du doch uns<<, sagte Ioannis und blickte in die Runde, wo seine Feststellung durch

allgemeines Kopfnicken bestätigt wurde. Und schon hatte er sein Handy aus der Tasche gezogen, eine Nummer gewählt, zwinkerte mir zu, drückte auf das Symbol für den Lautsprecher, und ich musste, oder besser durfte mitanhören, wie die Verhandlungen um eine Arbeitskolonne für mein Hotel auf den Weg gebracht wurden.

>>Jassu, Niko! Ti kannis? ... Sehr gut! Ja, mir und Katharina auch. ... Sicher, die Kinder sind okay. Das Geschäft läuft so lala. Du weißt ja, dass das Geld bei den Griechen nicht mehr so locker in der Tasche sitzt. Nicht mal für den Einkauf auf dem Markt. ... Ja, da hast du Recht. Gut, dass wir die Touristen haben! ... Sicher, bei denen hat sich auch so manches geändert. Aber viele aus Osteuropa und Russland wissen nicht, wie sie ihr Geld ausgeben sollen. ... Natürlich! Man kann sie an ihren Luxusautos direkt erkennen. Ein Grieche könnte sich die gar nicht leisten, der müsste ja Vermögenssteuer für solche Luxusgüter bezahlen. ... Ja, da machst du nichts dran. Aber hör mal, ich habe vielleicht einen Auftrag für dich. ... Ja, eine Renovierung. ... Direkt am Boulevard. ... Nein, Genaueres kann ich dir nicht sagen. Du kennst doch Klaus aus Deutschland, der vor zwei Jahren die Wohnung von Anastasia gekauft hat. ... Nein? Kennst du nicht? Jedenfalls hat der jetzt ein Haus gekauft und sucht eine Arbeitskolonne, um es zu renovieren. ... Klar kann ich dir seine Handynummer geben. Er steht gerade hier auf dem Markt neben mir. ... Du bist in der Nähe und willst kurz mal vorbeischauen? ... Ob

Klaus noch etwas Zeit hat? Ja, er nickt mir gerade zu. ... Dann bis gleich, Niko!<<

Im Zeitalter der Handys und des Internets geht alles eben viel einfacher und schneller!

So schnell nun auch wieder nicht! Eine halbe Stunde war vergangen, und von Nikos war noch nichts zu sehen. Terminabsprache auf griechische Art eben! So kann die Aussage >>Wir kommen am Nachmittag.<< zum Beispiel drei Uhr bedeuten, aber genauso gut halb acht. >>Nach Mittag<< eben!

Doch kurze Zeit später ließ sich tatsächlich das Dröhnen eines Motorrads vernehmen, welches dann leiser wurde, schließlich verstummte und von einer Yamaha verursacht worden war, welche nun langsam durch die zur Seite springenden Marktbesucher ausrollte.

Und dann kam Nikos auf uns zu: Nicht jung, nicht alt, ein kesses Hütchen statt eines Helms auf dem Kopf, eine riesige, rot umrandete Sonnenbrille auf der Nase, dazu Shorts im Hawaii-Muster, Flip-Flops und ein T-Shirt mit einer Aufschrift, welche übersetzt „Ohne mich geht nichts!" verkündete. An Minderwertigkeitskomplexen schien dieser Mann nicht zu leiden!

So lernte ich Nikos kennen, die Person, welche dafür sorgen sollte, dass aus einem Haus in einer zugegebenermaßen nicht sehr einladenden Verfassung ein schmuckes Hotel werden sollte. Meine Zweifel wären sicherlich auch für jeden anderen nachvollziehbar gewesen.

Zu spät, Klaus! Wer „A" sagt, der muss auch … Den Rest des Sprichwortes kennst du sicher. Und „B" könnte ja zum Beispiel für „Bautrupp" stehen. Einen solchen brauchst du in jedem Fall. Vielleicht bringt Nikos ja lauter Koryphäen in Sachen Hausbau mit auf deine Baustelle und dein Hotel wird schon in wenigen Wochen eröffnet. Oder steht „B" vielleicht für „Bankrott"?

Nikos klatschte die ihm dargebotenen Hände ab, kam auf mich zu und begrüßte mich in nahezu perfektem Deutsch:

>>Hallo, ich bin Nikos. Freut mich, Sie kennen zu lernen.<<

Verblüfft über seine Aufmachung und die Anrede in deutscher Sprache brachte ich zunächst nur ein Stottern hervor: >>Ja, ja. Hallo, Niko. Ehm. Schön, dass Sie, … dass Sie Zeit haben, nach hier zu kommen, ehm, um mit mir zu reden.<<

Dass Nikos fünf Jahre in Deutschland gelebt und bei einer großen Baufirma gearbeitet hatte, sollte ich erst später erfahren.

>>Natürlich habe ich Zeit! Nikos hat immer Zeit, wenn es irgendwo etwas zu verdienen gibt. So lautet mein Wahlspruch …<<, dabei wies er auf sein T-Shirt und zwinkerte mir zu, >>Ohne mich geht nichts!<<

Als er mein verblüfftes Gesicht sah, fügte er noch schnell hinzu: >>Kleiner Scherz von mir! Haha! Ich denke, als Geschäftspartner sollten wir uns direkt duzen. Nikos ist mein Name, wie bereits bekannt!

Leicht zu merken, da sowieso ein Viertel aller Griechen Nikos heißt. Kleiner Scherz von mir! Haha!<<

So langsam fand ich meine Fassung und Schlagfertigkeit wieder: >>Okay, Niko, wir sind per Du. Klaus ist mein Name. Steht in Deutschland als Abkürzung für „**kl**ug, **a**ußergewöhnlich **u**nd **s**pontan". Kleiner Scherz von mir! Haha!<<

Offener Mund, ungläubig aufgerissene Augen bei Nikos, dann: >>Ja, ja, kleiner Scherz! Haha, wir beide verstehen uns. Schlag ein!<<

Auf diese Weise schlossen wir einen ersten mündlichen Kontrakt, bevor überhaupt von einem Geschäft die Rede war. Ja, wir verstanden uns!

So kam es, dass ich zwei Minuten später auf dem Rücksitz seiner Yamaha saß, wir uns dann nach kurzer Fahrt auf meinem Grundstück befanden und uns über den Zustand des Gebäudes und die notwendigen Renovierungsarbeiten unterhielten.

>>Also, ich möchte den Zuschnitt des Hauses so gestalten, dass es in den beiden oberen Stockwerken jeweils vier Zimmer gibt, möglichst mit Balkon, und sich in Parterre die Küche, das Restaurant, die Rezeption und natürlich die Wirtschaftsräume befinden<<, erklärte ich Nikos meine Vorstellungen.

>>Dann lass uns jetzt mal nach drinnen gehen, um zu schauen, welche Umbauarbeiten notwendig sind<<, erwiderte Nikos.

Gesagt, getan!

Nikos inspizierte alles ganz genau, stellte Fragen, nickte mal zufrieden, schüttelte mal den Kopf und ließ Luft durch seinen leicht geöffneten Mund entweichen, so als hätte er ein nicht zu lösendes Problem entdeckt.

>>Schwierig, schwierig! Viel Arbeit, welche zu erledigen ist! Sehr viel Arbeit!<<

Klar, viel Arbeit bedeutete auch hohe Kosten für mich, viel Geld für Nikos!

>>Ich muss erst noch überlegen, welche Mauern man unten entfernen kann, ohne die Statik zu gefährden, und wie viele neue Mauern oben für die Zimmer eingezogen werden müssen. Außerdem muss unbedingt das Dach repariert werden, wie ich eben von draußen gesehen habe. Sonst brauchst du in zwei Jahren keine Duschen mehr für deine Gäste. Aller Segen kommt dann von oben. Kleiner Scherz von mir! Haha! Wenn es denn mal regnet. Und du weißt ja: Wenn es hier regnet, dann regnet es nicht nur, dann geht die Welt unter!<<

Nikos konnte einem wirklich Mut machen!

>>Das Grundstück muss von dir und deinen Leuten nur grob geräumt werden, die Außenanlage gestalten wir dann selbst. Und für die Wasser- und Elektroinstallation werde ich Handwerker aus dem Ort verpflichten, welche bereits in meiner Wohnung gearbeitet haben<<, schränkte ich vorsichtshalber schonmal ein, als ich in Nikos´ Augen die Euroscheine wie bei einem Spielautomaten durchrattern sah.

>>Das ist mir auch lieber. Du kannst dir vorstellen, dass die Installateure hier in Peraia nicht gerade gut auf mich zu sprechen sind. Und wenn ich ihnen noch mehr Aufträge wegnehme ... na ja, das

würde dem Frieden vor Ort nicht gerade dienlich sein.<<

>>Und? Hast du nach dem ersten Eindruck schon eine Vorstellung, was die Renovierung insgesamt kosten wird?<<, fragte ich.

>>Schwierig, schwierig! Da ist viel zu tun. Ich muss erst in Ruhe einen Plan machen, in welchem ich die Kosten für die verschiedenen Arbeiten und die dazu anfallenden Materialkosten zusammenstelle. Und natürlich muss ich überlegen, welche Anzahl von Arbeitern für die Renovierung nötig sein wird und welche ich auf die Schnelle engagieren kann. Denn das ganze Projekt auf die lange Bank zu schieben, ist ja sicherlich nicht in deinem Sinne. Aber keine Sorge, wie hat deine Kanzlerin so schön gesagt: „Wir schaffen das!"<<, versuchte mich Nikos zu beruhigen.

So ganz konnte ihm dies allerdings nicht gelingen, wenn ich an sein >>Schwierig, schwierig … viel zu tun<< dachte.

>>Wie sollen wir denn nun weiter vorgehen?<<, fragte ich zaghaft nach.

>>Ich schlage vor, du lässt mir drei Tage Zeit, und wir treffen uns am Montag um zehn Uhr wieder hier. Dann kann ich dir wahrscheinlich Genaueres sagen. Einverstanden?<<, beendete Nikos unser erstes Zusammentreffen. Jedenfalls fast! Schnell schob er noch hinterher: >>Unter 500 000 Euro wird da natürlich nichts zu machen sein!<<

Als er sah, wie ich erbleichte, schlug er mir auf die Schulter: >>Kleiner Scherz von mir! Ha, ha!<<

So konnte ich nach kurzem Durchatmen nur noch zustimmen: >>Okay, einverstanden. Montag um zehn Uhr hier!<<

Wir verabschiedeten uns, und nur wenige Augenblicke später hörte ich den Motor der Yamaha aufheulen. Noch wusste ich nicht, wie oft ich dieses Geräusch in nächster Zeit vernehmen würde.

Als ich nach Stunden wieder in unserer Wohnung angekommen war, wollte ich Kerstin alle Neuigkeiten aufs Genaueste berichten: Wie meine To-do-Liste aussah, wie es zu der Begegnung mit Nikos gekommen war, welche Vorstellungen vom Umbau des Hauses ich hatte und was Nikos dazu gesagt hatte.

Aber Kerstin ließ mich nach den ersten beiden Wörtern gar nicht erst weiterreden: >>Klaus, erst habe ich versucht, dich von dieser spinnerten Idee abzubringen. Dann habe ich schweren Herzens zugestimmt, als ich gesehen habe, wie wichtig dir diese Sache ist, habe mich bei den Verkaufsverhandlungen eingebracht und den Vertrag mitunterschrieben. Jetzt musst du die Verwirklichung alleine angehen. Es ist deine Idee! Ich lasse dich planen und den Umbau organisieren. Ich will mich nicht mit den Einzelheiten dieser Aktionen belasten. Solange du mich über die finanziellen Aspekte informierst und diese mit mir abstimmst, denn ich möchte nicht auf einmal ohne Geld zum Leben dastehen, hast du jede erdenkliche Freiheit. Ich möchte mich einfach nicht mit allem anderen auseinandersetzen. Dazu ist mir meine Zeit, meine Freiheit zu schade. Das musst du verstehen. Ich habe mir keine Wohnung am Meer angeschafft, um wieder den Stress zu haben, dem ich entfliehen wollte!<<

Ja, Klaus, jetzt hast du von Kerstin die Freiheiten zugesagt bekommen, deinen Traum von einem Hotel und dein Bild von dir als Hotelier zu verwirklichen. Ich bin nur froh, dass sie wenigstens in finanzieller Hinsicht ein Auge auf deine Aktionen hat. Sonst wäre mir angst und bange!

>>Vielleicht hast du ja Recht, Kerstin! Und ich bin dir dankbar, dass du mich machen lässt, ohne dass es zum Streit zwischen uns kommt. Versprochen: Alle finanziellen Aspekte werde ich mit dir abstimmen. Vielleicht wird dir unser Hotel ja auch gefallen, wenn es fertig ist und wir eine Schar zufriedener Gäste haben<<, erwiderte ich zaghaft.

>>Ja, vielleicht, Klaus. Hoffentlich!<<, stimmte Kerstin zu.

Da kann ich mich nur anschließen. Ja, vielleicht, Klaus! Hoffentlich!

So endete dieser ereignisreiche Tag letztlich einigermaßen harmonisch.

13

Montag 10 Uhr! Seit einer Viertelstunde wartete ich gespannt vor meinem zukünftigen Hotel auf Nikos. Deutsche Überpünktlichkeit eben! Schließlich war ich Beamter gewesen. Ich wartete und wartete, und ich wartete eine weitere Viertelstunde, bis ich das sich nähernde Geräusch der Yamaha hörte. Griechische Pünktlichkeit eben!

Nikos, heute in Shorts und passendem T-Shirt von Armani gekleidet, stieg von der Maschine und nahm seine Sonnenbrille ab, natürlich ebenfalls mit dem Armani-Zeichen auf den Bügeln. Hoffentlich bedeutete seine Aufmachung nicht einen Vorgeschmack auf das Angebot, welches er mir in wenigen Minuten machen würde. Immerhin war von seinem vorherigen Outfit das Hütchen geblieben, schien wohl eine Art Markenzeichen von ihm zu sein.

>>Guten Morgen, Klaus! Gut geschlafen? Oder bin ich dir etwa in Alpträumen erschienen? Vielleicht als Heuschrecke? Oder wie bezeichnet man bei euch in Deutschland die geldgierigen Manager?<< Dann, als Nikos mein erschrockenes Gesicht sah: >>Kleiner Scherz von mir, haha! Ich bin doch kein Unmensch und ziehe meine Freunde über den Tisch. Und wir beide sind doch Freunde oder nicht, Klaus?<<

Klar waren wir Freunde! Wir kannten uns ja schon seit der Ewigkeit von drei Tagen und hatten uns fast jeden Tag gesehen! Jedenfalls schon zweimal in diesen drei Tagen! Immerhin. Aber ich war fest entschlossen, sein Spielchen mitzuspielen.

>>Das will ich hoffen, dass wir Freunde sind. Ansonsten sehe ich mich gezwungen, meine Frau zur Verhandlung hinzuzuholen. Was das bedeuten würde, kannst du dir nicht vorstellen!<< Dann, auf Nikos´ verunsicherten Gesichtsausdruck hin: >>Kleiner Scherz von mir, haha!<<

Obwohl, als ich so überlegte, von einem Scherz konnte man nicht wirklich reden, wenn ich an Kerstins Rolle bei der Verhandlung mit Dimitrios zurückdachte.

>>Dann wollen wir mal zur Sache kommen, Niko. Hast du dir ein Bild davon gemacht, welche Arbeiten notwendig sind, wie lange die Renovierung dauern wird und wie hoch die Kosten für uns sind? Anders ausgedrückt: Kannst du uns ein konkretes Angebot machen?<<

>>Natürlich kann ich dir, wie versprochen, ein konkretes Angebot machen, deshalb haben wir uns ja für heute verabredet und jetzt hier getroffen. Und du wirst staunen, wenn ich dir die Summe für die gesamte Renovierung nenne>>, sagte Nikos voller Überzeugung, wobei er mir seine Hand auf die Schulter legte.

So, staunen würde ich! Ganz wohl war mir allerdings nicht dabei, dass ich bei seinem Angebot staunen sollte. Schließlich gibt es verschiedene Gründe, aus denen heraus man staunt. In ein paar Minuten würde ich mehr wissen

>>Dann lass hören, Niko! Welchen Freundschaftspreis kannst du mir anbieten?<<, forcierte ich unser Gespräch. Ich war zu gespannt für weitere Spielchen.

>>Langsam, langsam, Klaus! Zunächst muss ich dir noch ein paar Dinge erklären, bevor wir zu einem konkreten Angebot kommen.<<

Schon wieder! Langsam, langsam! Wie hatte Dimitrios noch gesagt: >>Du musst lernen, Geduld zu haben und nicht gleich mit der Tür ins Haus zu fallen. Eigentlich bist du ja alt genug, um diese Weisheit bereits erlangt zu haben.<< Hatte ich anscheinend jedoch noch nicht. Und was heißt „Weisheit"? Ich wollte doch nun wissen, welchen Preis wir für die Renovierung einzuplanen hatten und ob dieser Preis zu unserem Budget passte. Doch Nikos ließ sich nicht aus der Ruhe bringen.

>>Ich habe dir ja schon gesagt, dass es nicht einfach werden wird, das Haus in einen so akzeptablen Zustand zu bringen, dass ihr euer Hotelprojekt starten könnt. Schwierig, schwierig!<<

„Schwierig" bedeutet hohe Kosten! Und „Schwierig, schwierig!" noch höhere Kosten! Nikos sollte endlich die Katze aus dem Sack lassen und mir sagen, mit welcher Summe ich rechnen musste.

>>Dass du das Dach neu eindecken musst, habe ich dir ja bereits gesagt. Dann müssen wir einige Mauern herausbrechen und andere neu ziehen, damit du die geplante Zahl von Hotelzimmern hast. Und in Parterre muss nahezu alles neugestaltet werden, um Platz für das Restaurant und die Küche zu schaf-

fen. Dann natürlich noch die ganzen Vorarbeiten für das Verlegen der Wasser- und Abwasserleitungen und der elektrischen Leitungen. Vom Fußboden haben wir bisher noch gar nicht gesprochen. Willst du Marmorplatten oder Fliesen oder Holz haben. Das hat natürlich Auswirkungen auf den Preis. Und …<<

>>Okay, okay, Niko! Ich glaube dir ja, dass viel zu tun ist, aber jetzt möchte ich erstmal eine Vorstellung davon haben, was uns dies kosten wird. Dann können wir manche Dinge noch konkreter besprechen und mögliche Alternativen überlegen<<, versuchte ich Nikos zu einer konkreten Aussage bezüglich der Kosten zu drängen.

>>Sicher, Klaus! Und bei all diesen immensen Schwierigkeiten wirst du überrascht sein, was ich dir für einen Preis für alle Arbeiten, welche meine Leute durchführen, und für das gesamte Material anbieten werde!<< Nikos blickte mich mit strahlenden Augen in Erwartung meines freudigen Aufschreis bei der von ihm genannten Summe an. >>Na, mein Freund, was denkst du? Ich werde euch einen Traum von Hotel für, na? Für nur … halt dich fest! Für eine glatte Summe, für nur 150 000 Euro hinstellen! Jetzt bist du platt, oder?<<

Ja, ich war platt! Und sowas von platt! Aber nicht vor Freude!

>>Niko, das kann nicht dein Ernst sein! Du kannst nicht wirklich 150 000 Euro für die Renovierung verlangen. Ich bin von allerhöchstens der Hälfte ausgegangen. 150 000 Euro sind für uns einfach nicht drin! Und dann noch die Kosten für den Elektriker

und Installateur. Das habe ich nicht erwartet! Und das können wir nicht anlegen. Wenn du jetzt 80 000 Euro gesagt hättest, wäre mir die Summe auch schon hoch vorgekommen, aber das könnten wir eventuell noch stemmen, aber 150 000 geht gar nicht!<<

Nikos´ Strahlen verschwand, und sein Gesicht drückte nur noch Überraschung und Unverständnis aus. Er hatte wohl im Ernst damit gerechnet, dass ich vor Freude sofort zustimmen würde. Dann begann er zu überlegen. >>80 000 und auch 90 000 Euro geht gar nicht. Lass mich nachdenken, Klaus! Vielleicht finde ich ja noch Möglichkeiten, wie wir die Kosten reduzieren können.<<

Nikos ergriff mit Daumen und Zeigefinger der linken Hand an sein Kinn und schloss die Augen. Kurze Zeit später dann: >>Bis wann, hattest du geplant, sollten meine Leute mit der Renovierung fertig sein?<<

>>Ich hatte an ungefähr sechs bis acht Wochen gedacht, damit wir in der nächsten Hauptsaison mit der Zimmervermietung noch einsteigen können.<<

>>Wenn wir den Termin schieben, meine Leute also später anfangen, kann ich vorher noch ein anderes Projekt angehen und beide Aufträge miteinander verknüpfen. Dadurch kann ich eventuell durch den größeren Auftrag die Materialien günstiger bekommen und habe auch noch Arbeitsstunden aus dem anderen Auftrag übrig<<, erklärte mir Nikos mit einem Augenzwinkern. >>Dann könnte ich euch ein

Angebot von, sagen wir 135 000 Euro machen<<, blickte Nikos mich erwartungsvoll an.

>>Niko, danke, dass du versuchst uns entgegenzukommen. Aber dein Angebot ist einfach zu teuer. Vielleicht könnte ich noch ein paar Tausender mehr von der Bank erhalten, aber dann sind wir immer noch weit von den 80 000 Euro entfernt. Ich denke, dass ich noch andere Angebote einholen muss. Sorry, dass ich deine Kalkulation nicht akzeptieren kann.<<

>>Warte, Klaus! Vielleicht fällt mir ja noch etwas anderes ein, wodurch ich den Preis weiter senken kann.<<

Und Nikos dachte nach, dachte nach, grübelte, und plötzlich schien er einen Geistesblitz zu haben. Er strahlte mich an. >>Ich hab´s! Eigentlich wollte ich sechs Arbeiter bei euch einsetzen. Wenn ich nun auf einen verzichte, dauert die Aktion zwar etwas länger, aber ich spare natürlich Arbeitskosten und die Versicherung für einen Arbeiter. Und, da wir Freunde sind, Klaus, lautet mein letztes Angebot 115 000 Euro! Mein letztes Wort! Jetzt bist du dran!<<

Mir war zwar schleierhaft, wieso die Arbeitskosten durch den Verzicht auf einen Arbeiter geringer wurden, da die anderen doch dafür länger arbeiten mussten. Und Versicherung? Na ja, glauben wir´s mal! Doch die nun genannte Summe kam der von mir eingeplanten, welche natürlich über 80 000 Euro gelegen hatte, recht nahe. Zudem erinnerte ich mich an die Feststellung eines guten Freundes: >>Griechenland bietet nur die Sonne, das Meer und den Tsipouro billig! Alles andere hat seinen Preis!<<

>>Okay, Niko! Es raubt mir zwar meine Nachtruhe, und ich habe das Gefühl, dass ich auf wackligem Grund stehe, aber wenn Kerstin als meine Ministerin für Finanzen einverstanden ist, machen wir es so und du kannst einen entsprechenden Vertrag aufsetzen<<, erwiderte ich scheinbar resigniert.

>>Aber Klaus, wir brauchen doch keinen schriftlichen Vertrag! Wir sind Freunde und vertrauen uns. Sprich mit Kerstin und dann besiegeln wir den Vertrag per Handschlag. Okay?<<

Was sollte ich machen? Vermutlich würde ich nirgendwo einen besseren Preis herausschlagen können. Zudem musste ich noch hören, was Kerstin zu dem Angebot sagen würde.

>>Okay! Aber über die Einzelheiten sprechen wir dann noch in Ruhe. Wir treffen uns morgen auf einen Kaffee bei Theros und klären die noch offenen Fragen. Danach werde ich erst einmal nach Deutschland fliegen und mit unserer Hausbank über die Darlehensbedingungen verhandeln. Immer Kerstins Zustimmung vorausgesetzt.<<

Wir reichten uns die Hand, Nikos bestieg seine Yamaha, brauste davon, und ich machte mich auf den Weg nach Hause, um mit Kerstin zu sprechen. Irgendwie hatte ich das Gefühl, dass die letzten Tage und Wochen sich ausschließlich um Vertragsverhandlungen drehten. Aber daran war ich ja nun nicht unschuldig!

Das kann man wirklich nicht behaupten, Klaus! Hoffen wir mal, dass mit diesen Verhandlungen eine sichere Basis für das Hotelprojekt geschaffen ist. Ich kann mir nicht helfen, irgendwie bin ich nicht ganz überzeugt davon.

14

Der nächste Morgen. Kerstin und ich machten uns auf den Weg zu dem Café, das ich Nikos genannt hatte, um uns dort mit ihm zu treffen. Der Spaziergang über den Boulevard gab den Blick frei auf die bereits zahlreich erschienenen Einheimischen und Touristen, die bei der in diesem Jahr früh einsetzenden Hitze Abkühlung im Wasser oder Sonne am Strand suchten. Dabei fiel uns wieder einmal die Angewohnheit der hier lebenden älteren Menschen auf, das Meer als eine Art Heilquelle zur Gesundung zu sehen und das Wasser, so lange es die Temperatur zulässt, jeden Morgen aufzusuchen. Nicht etwa, um zu schwimmen, nein, um im Kreis bis zum Hals im Wasser zu stehen und Gespräche über alles und nichts zu führen. Dabei haben sie so etwas wie eine innere Uhr, welche ihnen sagt, wenn eine Stunde vergangen ist. Denn eine Stunde sollte es schon sein, damit sich die Wirkung des Meerwassers voll entfaltet. Wie auf einer Strichliste werden die morgendlichen Bäder im Gedächtnis gesammelt, um anderen berichten zu können, wie viele Bäder, Μπανάκια, man in diesem Jahr bereits hatte.

Wie unterschiedlich dagegen die Touristen, welche zu dieser relativ frühen Stunde bereits leicht bekleidet, lang ausgestreckt möglichst viele Sonnenstrahlen zu ergattern versuchten, um zu Hause dann ihre Bräune präsentieren zu können. Man sieht wieder einmal: Jeder Jeck ist anders!

Eine besondere Attraktion konnten wir wie so oft schon auch an diesem Morgen sehen: einen Rückwärtsläufer! Gut eingeölt, in knappstem Outfit lief er in hohem Tempo rückwärts den Boulevard entlang und das nicht nur einmal. Am Abend folgte dann eine weitere Trainingseinheit. Für welchen Wettbewerb mochte er wohl trainieren?

Am Abend zuvor war Kerstins Reaktion, als ich ihr von Nikos´ Kalkulation berichtete, völlig anders ausgefallen, als ich erwartet hatte. Die Summe von 115 000 Euro schien ihr für die Renovierung durchaus nicht zu hoch, auch wenn noch die Kosten für die Elektriker und Installateure dazukämen.

>>Schau dir doch den Zustand des Gebäudes an, Klaus! Hast du gedacht, ein paartausend Euro würden reichen, um aus der Ruine ein einigermaßen ansehnliches Hotel zu machen?<<, fragte mich Kerstin leicht ironisch. Ich schüttelte den Kopf und äußerte mich nicht weiter dazu, da ich froh war, dass keine heftigen Diskussionen zu erwarten waren. Natürlich wolle sie versuchen, im Gespräch noch eine Minderung der Kosten zu erreichen. Kerstin wäre nicht Kerstin, wenn sie so schnell zustimmen würde! Wie sie dies erreichen wollte, dazu machte sie keine weiteren Angaben. Vielleicht ginge ja noch was. Ich hatte noch die Verhandlungen mit Dimitrios in Erinnerung.

Wir hatten inzwischen den Anleger von Peraia erreicht, sahen das Bötchen nach Thessaloniki vom Pier ablegen und über spiegelglattes Meer Kurs auf die Stadt nehmen, welche in der Ferne im morgendlichen Dunst zu erkennen war. Einfach schön!

Noch eindrucksvoller war jedoch immer wieder der Blick am Abend über die Bucht von Thermaikos auf Thessaloniki, wenn im Halbkreis in der Ferne eine Kette von Lichtern aufleuchtete und sowohl die Kernstadt wie die Vororte und sogar die Stadtumgehung, die sogenannte „Ringroad", deutlich zu erkennen waren. Ein beliebtes Fotomotiv für Touristen, welche sich zum ersten Mal an diesem Anblick erfreuten!

Als wir kurz darauf das Café erreichten, saß Nikos bereits völlig entspannt an einem der im Baumschatten aufgestellten Tische, stand jedoch sofort auf, als er uns erblickte, und begrüßte uns per Handschlag, nicht ohne Kerstin ein paar Komplimente bezüglich ihres Aussehens zu machen. Der wusste, wie man mit weiblichen Vertragspartnern umgehen musste!

>>Warum hast du mir verschwiegen, Klaus, dass du mit deiner Tochter zu unserer Verabredung kommen wolltest. Küss die Hand, schöne Frau!<<

>>Na, na, wir wollen doch ein wenig bei der Wahrheit bleiben. Schließlich haben wir ein Geschäft miteinander abzuschließen. Trotzdem danke für das nette Kompliment<<, erwiderte Kerstin mit einem Lächeln. So ganz vergeblich war Nikos´ Taktik wohl nicht gewesen. Kerstins Verhandlungsposition war jedenfalls nicht mehr so ganz diejenige, wie von ihr geplant.

Nachdem Nikos uns gefragt hatte, was wir trinken wollten, und als das Bestellte vor uns stand, kam er dann ohne Umwege zur Sache:

»Habt ihr über mein Angebot zur Renovierung des Hauses nachgedacht? Wobei der Begriff „Renovierung" die Sache nicht so ganz trifft, man sollte wohl eher von „Neuaufbau" sprechen.«

»Ja, wir haben uns die Sache noch einmal gründlich durch den Kopf gehen lassen und sind zu der Ansicht gekommen, dass dein Angebot einfach zu hoch liegt. 115 000 Euro erscheinen uns einfach zu viel für die unbedingt notwendigen Arbeiten«, übernahm nun Kerstin die Initiative. Doch Nikos war auf diesen Versuch, die Kosten zu drücken, vorbereitet.

»Da habe ich einfach keinen Handlungsspielraum mehr, um mein Angebot zu senken. Klaus hat dir ja bestimmt erzählt, dass ich zunächst von glatten 150 000 Euro ausgegangen war und das Angebot nur durch ein paar Tricks auf 115 000 Euro runterrechnen konnte. Ich habe euch auch noch einmal detailliert aufgeschrieben, welche Arbeiten notwendig sind«, antwortete Nikos und schob uns ein Blatt mit der Auflistung dieser notwendigen Arbeiten rüber. Allerdings waren darauf weder die Materialkosten noch die Arbeitsstunden konkret mit Zahlen versehen. Und genau diese wollte Kerstin jetzt detailliert wissen.

»Du wirst uns ja sicher die genauen Materialkosten und Arbeitskosten per Rechnung vorlegen, vielleicht können wir dann manche Kosten noch senken«, hakte Kerstin nach.

»Wie soll ich das denn machen? Ich habe Klaus doch erklärt, dass ich das Angebot für die Renovierung eures Hauses nur so niedrig halten kann, indem ich es mit einem anderen Auftrag koppele, dort sowohl Material wie auch Arbeitsstunden noch übrighabe und diese dann auf eure Renovierung verschiebe. Verstehst du? Und eine Rechnung in Papierform kann ich natürlich auch nicht ausstellen, dann müsste ich und müsstet ihr doch auch noch die darauf entfallenden Steuern zahlen«, beharrte Nikos auf seinem Angebot.

Mir ging dabei seine Erklärung durch den Kopf, und ich fragte mich, was er wohl dem Auftraggeber, mit welchen er unser Projekt zusammenlegen wollte, gesagt hatte. Vielleicht hatte er dessen Angebot ebenfalls mit dem vorherigen verbunden und Stunden sowie Material geschoben. Wahrscheinlich gab es bei Nikos nur Freundschaftsangebote, bei welchen er derjenige war, welcher besonders davon profitierte! Aber was sollten wir machen? Noch andere Angebote einholen? War nicht zu vermuten, dass es bei diesen nicht viel anders aussah? Kerstin schien jedoch noch nicht völlig aufgegeben zu haben.

»Wenn du schon bezüglich der Gesamtsumme nichts machen kannst, Niko, dann solltest du uns jedoch in anderer Hinsicht noch etwas entgegenkommen«, versuchte Kerstin es auf andere Weise.

»Und was stellst du dir da so vor?«, fragte Nikos, nun doch etwas verunsichert, nach.

»Ich stelle mir vor, dass dein Team noch ein paar weitere Arbeiten übernimmt. Nichts Großes natürlich, aber einiges, was wir für unser Hotel geplant haben«, ergänzte Kerstin in harmlosem Tonfall.

Ich war verunsichert! Einiges, was wir für unser Hotel geplant haben? Was meinte Kerstin? Nikos schien ebenfalls verunsichert, wie man seiner Miene entnehmen konnte.

>>Wir möchten nur den hinteren Teil des Daches gedeckt haben und den vorderen als Dachterrasse nutzen. Dazu muss dieser Teil mit einer Pergola aus Holz versehen werden, und außerdem muss an einer Seite eine Bar gemauert werden<<, präzisierte Kerstin unsere Vorstellungen.

Unsere Vorstellungen? Bisher war mir noch nicht bewusst, dass wir das Dach als Terrasse mit Bewirtung nutzen wollten. Hatte ich da irgendetwas nicht mitbekommen?

Du solltest froh sein, dass deine Frau die Initiative ergreift und beginnt, sich mit „deinem" Hotel zu identifiziert. Ich finde die Idee jedenfalls super!

>>Das bedeutet natürlich einen größeren Arbeits- und Materialaufwand, als das gesamte Dach lediglich durch Ersetzen der defekten Eternitplatten zu reparieren. Aber hast du bedacht, dass ihr bei einem der heftigen Regenfälle hier die gesamte Terrasse voll Wasser stehen habt<<, wandte Nikos ein.

>>Das habe ich bedacht, daher muss der Boden natürlich so angepasst werden, dass das Wasser an einer Seite der Terrasse über ein Rohr abfließen kann. So, wie man es bei den Balkonen hier auch hat. Und dass dies einen größeren Arbeitsaufwand bedeutet, ist mir auch klar. Aber ich hatte ja auch davon gesprochen, dass du uns im Hinblick auf die Arbeiten etwas entgegenkommen sollst, wenn schon keine

Preisminderung möglich ist<<, stellte Kerstin selbstbewusst fest. >>Dann habe ich auch nur noch einen weiteren Wunsch, und wir sind uns einig.>>

>>Noch einen Wunsch? Ich habe doch dem ersten Wunsch noch gar nicht zugestimmt! Was erwartest du denn noch von einem armen griechischen Unternehmer?<<, stöhnte Nikos auf.

>>Den „armen griechischen Unternehmer" lassen wir besser weg, sonst fällt mir bestimmt noch so einiges mehr ein. Ich hatte lediglich an eine gemauerte Bar im Außenbereich des Hotels, in unserem „Biergarten", gedacht. Das dürfte doch kein Problem für dich sein, oder?<<

>>Du machst mich fertig! Weißt du, was das Ganze an zusätzlicher Arbeitszeit bedeutet? Mindestens eine Woche, in der ich alle Arbeiter bezahlen muss! Du bringst mich an den Bettelstab! Wie soll ich meine Familie ernähren, wenn meine Kunden mir das Blut aussaugen<<, deutete Nikos seinen bevorstehenden Zusammenbruch an.

>>Niko, Schluss mit der griechischen Tragödie! Sag ja, und wir sind uns einig! 115 000 Euro für die Renovierung mit den kleinen Ergänzungen, die wir dir beschrieben haben. Schlag ein! Oder soll deine Familie doch noch am Hungertuch nagen?<<, beendete Kerstin auf ihre Art die Verhandlungen.

>>Bei dem Auftrag werde ich ein Minus machen, das lässt sich nicht vermeiden. Aber mein Problem ist, dass ich einer schönen Frau keinen Wunsch abschlagen kann. Ich werde mich ins Elend stürzen, aber was bleibt mir anders übrig? Ich bin einverstan-

den«, stimmte Nikos zu. Dass es ihm nicht gelang, dabei in Tränen auszubrechen, wunderte mich.

Nicht über Nikos' schauspielerische Leistung, sondern über die knallharte Verhandlungstechnik deiner Frau solltest du dich wundern! Und froh sein, dass du Kerstin an deiner Seite hast. Anderenfalls ... daran will ich gar nicht denken!

Dass wir Nikos natürlich nicht ins Elend stürzen würden, war mir bewusst. Ansonsten hätte er niemals Kerstins Vorschläge akzeptiert. Dass er uns nach dem obligatorischen Handschlag zur Besiegelung der Abmachung auch noch zum Essen einlud zeigte, dass auch er mit dem Vertragsabschluss völlig zufrieden war. Letztlich war alles ein großes Schauspiel im Sinne der antiken Tragödie gewesen, was die Vorliebe der Griechen für eine Darstellung des eigenen Leids bewies, wie es auch die melancholischen Texte vieler griechischer Lieder zeigen. Irgendwie gehört etwas Theatralik einfach dazu! Man denke nur an die Verhandlungen mit Dimitrios!

Wenig später befanden wir uns in einer von Nikos ausgewählten Taverne, in welcher er wohlbekannt war, wie die persönliche Begrüßung durch den Inhaber vermuten ließ.

»Darf ich euch das Menü vorschlagen? Es gibt hier hervorragende Spezialitäten, die in anderen Tavernen nicht auf der Karte stehen. Na ja, auf der Karte stehen sie hier auch nicht, aber für uns wird Sakis sie mit Sicherheit auf den Tisch bringen. Schließlich kennen wir uns schon seit Jahren, und ich komme mit Gästen oft und gerne nach hier, um ihnen zu zeigen, was die echte griechische Küche zu bieten hat<<, schlug Nikos vor.

Natürlich hatten Kerstin und ich dagegen nichts einzuwenden, und zwei Stunden später wussten wir, dass wir richtig gehandelt hatten, als wir uns auf Nikos´ Vorschlag eingelassen hatten.

Als erste Speisen kamen Flusskrebse – Καραβίδα – in einer Soße aus Weißwein, Ziegenkäse und Knoblauch, dann gegrillter Oktopus – Χταπόδί – auf den Tisch, begleitet von frisch gerösteten Brotscheiben mit Olivenöl und Oregano. Als Hauptspeise wurde eine gegrillte Goldbrasse, welche von einer Zitronen-Kräuter-Soße begleitet wurde, serviert. Dazu gab es einen mit Dill und Fenchel verfeinerten Kräuterreis und einen großen, bunten Salat nach Art des Hauses, bestreut mit Croutons und Parmesan. Den Abschluss bildeten als Nachspeise Galaktoboureko – Γαλατομπούρεκο, ein Blätterteigstrudel mit Grießbreifüllung, und natürlich die obligatorische Wassermelone. Nach diesen kulinarischen Genüssen rundeten ein alter Tsipouro aus dem Holzfass und ein griechischer Kaffee das hervorragende Mahl ab. Nikos war eindeutig jemand, der wusste, welche Köstlichkeiten die griechische Küche zu bieten hatte und wo man solche Geschmackserlebnisse serviert bekommen konnte.

Nach diesem wirklich exzellenten Mahl besprachen wir noch, wie die zeitliche Abfolge bei der Renovierung aussehen sollte. Nikos erklärte, dass er wegen des anderen Auftrages mit seinem Team erst in sechs Wochen beginnen könne, wie er uns ja bereits gesagt habe. Zunächst solle das Haus eingerüstet und im Anschluss von allen maroden Teilen befreit werden. Daraufhin sollten alle notwendigen Stemmarbeiten für den Elektriker und den Wasserinstallateur im Inneren angegangen und die notwendigen neuen Mauern gezogen sowie die Außenfassade und die Innenwände gedämmt werden. Nach dem Einbau der Türen, Fenster und Balkonbrüstungen werde die Dachterrasse sowie der Serviceraum dort oben angelegt und die Überdachung fertiggestellt. Zum Abschluss könne er sich dann die von Kerstin gewünschten Arbeiten im Außenbereich vornehmen.

>>Wir könnten aber auch ganz anders vorgehen, und zwar die Ruine abreißen und das Hotel völlig neu aufbauen. Das würde euch natürlich etwas mehr kosten, dafür hättet ihr jedoch ein ganz neues Gebäude mit allem Drum und Dran!<<, schlug Nikos vor, da er wohl mein von Arbeitsschritt zu Arbeitsschritt immer erschrockener aussehendes Gesicht registriert haben musste.

Der Mann hat Ahnung, wovon er spricht, und versteht sein Geschäft. Lasst euch seinen Vorschlag doch noch einmal durch den Kopf gehen! Wenn es denn überhaupt ein Hotel sein muss! Noch kannst du zurück, Klaus! Überlege es dir gründlich!

>>Du magst ja Recht haben, Niko. Aber ein Neubau ist überhaupt nicht möglich, das verbietet

der Vertrag mit Dimitrios, dem Vorbesitzer. Vertragsgrundlage ist, dass sein Elternhaus erhalten bleibt<<, wandte ich ein.

>>Na ja, so wie ihr es plant, kann man ja wohl von einem erhaltenen Elternhaus nicht wirklich sprechen. Aber okay, bleiben wir bei der von mir vorgeschlagenen Abfolge der Arbeiten<<, stellte Nikos fest.

>>Der Beginn der Arbeiten in sechs Wochen passt mir sehr gut. So kann ich vorher nach Deutschland fliegen, wo ich noch einiges zu erledigen habe<<, stimmte ich zu. Kerstin hatte sich in den letzten Minuten gänzlich aus dem Gespräch zurückgezogen. Wie sie mir ja gesagt hatte, wollte sie sich nicht mit den Einzelheiten des Projektes belasten.

Wir verabschiedeten uns von Nikos und machten uns auf den Weg zu der Bank, bei welcher wir ein griechisches Konto eröffnen wollten. Das wurde wegen der Abrechnungen der Sachlieferungen und der Gelder für den Elektriker und Wasserinstallateur – sofern diese nicht auf die Hand übergeben würden! – notwendig.

Nachdem wir vor Jahren wegen der schwierigen wirtschaftlichen Lage Griechenlands überhaupt kein Konto eröffnen konnten – Capital Control! – und dies im Anschluss nur mit riesigem, organisatorischem und finanziellem Aufwand möglich war, so dass wir darauf verzichtet hatten, sollte es inzwischen problemlos möglich sein. Sagte man! Und ... oh Wunder ... es war so!

Das einzige Problem für mich bedeutete der Zugang in die Bank, welcher wie überall in Griechenland über eine Schleuse erfolgt. Das heißt: Man tritt durch eine Glastüre in einen ungefähr achtzig mal achtzig Zentimeter großen Raum, die Tür hinter einem schließt sich, die Tür vor einem öffnet sich … nicht! Ein Szenarium, auf welches alle Menschen mit Platzangst gerne verzichten. Doch auf Knopfdruck kann man nur wenige Augenblicke später die Bank betreten. Wenn man seine Anliegen erledigt hat, gibt es das gleiche Verfahren noch einmal von Drinnen nach Draußen.

Die Eröffnung des griechischen Kontos war dagegen tatsächlich problemlos, wenn man einmal vom zeitlichen Aufwand, bis unsere Nummer endlich aufgerufen wurde und wir an der Reihe waren, und dem ausgiebigen Ausfüllen von zwingend notwendigen Papieren absah. Die griechische Steuernummer, unsere Personalausweise und ein Adressnachweis durch die letzte Stromrechnung reichten aus, um die Mindesteinzahlung von 250 Euro vornehmen zu können. Wir hatten auf Rat meiner Freunde vom Markt genau diese Bank gewählt, da man hier darauf verzichtete, dass die Ausweispapiere übersetzt und notariell beglaubigt vorgelegt werden mussten, wie dies bei anderen Banken der Fall war.

So bedeutete dieser Tag einen weiteren, einen riesigen Schritt in Richtung der Fertigstellung und Eröffnung unseres Hotels!

Ein Schritt in die Richtung, ja, aber ein riesiger Schritt? Ich vermute, dass noch viele, sehr viele Schritte vor dir

liegen, Klaus, bis du euer Hotel eröffnen kannst! War-
ten wir´s ab!

Zu Hause angekommen, kümmerte ich mich um einen Flug nach Deutschland, um dort einige noch notwendige Angelegenheiten zu erledigen. Schnell wurde ich fündig, so dass ich zwei Tage später das Flugzeug von Thessaloniki nach Köln nehmen konnte.

15

Zwei Tage später.

Kerstin hatte mich zum Flughafen gebracht, nicht ohne mich noch einmal daran zu erinnern, dass ich alle finanziellen Angelegenheiten mit ihr absprechen und keine Dummheiten anstellen sollte. Pah! Als ob ich Dummheiten anstellen würde!

Du doch nicht, Klaus! Wie kann sie nur auf eine solche Idee kommen? Kann ich gar nicht verstehen!

Vom Flughafen aus fuhr ich in unsere kleine Wohnung, welche wir vor einiger Zeit gekauft hatten, als wir beschlossen hatten, einen Großteil des Jahres in Griechenland zu verbringen. Unser Haus war uns aus diesem Grunde für die Stippvisiten nach Deutschland zu groß erschienen, zudem konnte man Haus und Garten nicht einfach monatelang ohne Pflege lassen. Daher hatten wir uns um vertrauenswürdige Mieter bemüht, diese gefunden und die so erzielten Mieteinnahmen in eine kleine Wohnung investiert. Auf diese Weise konnten wir die Zeit in Griechenland ohne Sorgen verbringen. Für unser Haus war gesorgt, finanziell passte das Arrangement, und das Appartement bedurfte keiner besonderen Pflege.

Da mir bewusst war, dass wir in der nächsten Zeit wegen des Hotels noch seltener in Deutschland sein würden, hatte ich bereits aus Griechenland mit der Telekom telefoniert und ein Basispaket von

„Smart Home" bestellt. So wollte ich sicher gehen, dass keine Einbrecher in die meist leerstehende Wohnung einsteigen konnten, ohne dass ein Alarm ausgelöst wurde. Natürlich lag ein anderer Grund darin, dass ich zeigen wollte, wie gut ich trotz meines Alters noch mit modernen Medien vertraut war.

Da ich am Tag, als ich in Deutschland ankam, und am nächsten Tag noch keinen Termin in der Bank hatte, begann ich das Smart-Home-System einzurichten, welches ich in der Packstation abgeholt hatte. Die Aktivierung des Systems konnte ja nicht lange dauern. Dachte ich zumindest! Aber irgendetwas stimmte mit dem Router nicht! Jedenfalls konnte ich auf meinem Handy die SmartHome-App nicht öffnen. Nach mehreren gescheiterten Versuchen fiel mir ein, dass die Telekom für solche Fälle einen Chat-Room anbietet, in welchem man seine Installationsprobleme beschreiben und mit der professionellen Hilfe von Fachleuten schnell beheben kann. Da es bei meinen vergeblichen Versuchen inzwischen Abend geworden war, verschob ich die Kontaktaufnahme mit der Telekom auf den nächsten Tag.

Voller Hoffnung ging ich nach dem Frühstück auf die Homepage der Telekom, wählte als angebotenen Kontaktweg den Chat aus und loggte mich ein. Jedenfalls versuchte ich dies! Weder beim ersten noch beim zweiten Versuch gelang mir dies. Dritter Versuch! Ja, jetzt war ich erfolgreich! Allerdings hieß es nun, die nächsten Hürden zu überwinden. Bei dieser Aufgabe sollten mir die folgenden Hinweise helfen:

Telekom: Gleich startet Ihre persönliche Chat-Beratung. Nutzen Sie gern die Wartezeit, um Ihre Anfrage zu formulieren. Halten Sie zur Identifizierung bitte Ihre Kundendaten bereit (z.b. Kundennummer oder Kunden- bzw. Buchungskonto und Ihre Vertrags-Rufnummer). Sie finden die notwendigen Angaben z.b. auf Ihrer Rechnung oder Auftragsbestätigung. Sobald ein Berater frei wird, kümmert er sich um Ihr Anliegen. Kurzer Hinweis: Nach Beendigung des Chats haben Sie die Möglichkeit, diesen zu bewerten. Vielen Dank im Voraus! 09:20 Uhr

Nach ausgiebiger Suche in unseren Unterlagen wurde ich schließlich fündig und gab die gewünschten Daten ein. Beim dritten Versuch gelang der Kontakt mit einem Mitarbeiter der Telekom.

Niklas: Niklas ist dem Chat beigetreten. 09:20 Uhr

Niklas: Herzlich willkommen im Chat für Privatkunden. Wie darf ich weiterhelfen? 09:20 Uhr

Klaus: Hallo Niklas, meine aktuelle Kundennummer ist 1663334343. Ich habe bereits zweimal ohne Erfolg den versucht, einen Chat zu starten und bin jedes Mal weitergeleitet worden, worauf der noch nicht wirklich begonnene Chat beendet wurde. Mein Problem ist, dass ich auf meinem Handy die SmartHome-App nicht öffnen kann. Ich erhalte immer die Meldung, dass es einige Minuten dauere, aber nach einer Stunde hat sich immer noch nichts getan. Ich habe die App auch bereits neu installiert und meinen Speedport-Smart vom Netz genommen, alles ohne Erfolg. 09:23 Uhr

Niklas: Dazu leite ich Sie sofort an unsere Spezialisten weiter. Meine Kollegen sehen den bisherigen Chat. Nach der Weiterleitung kann es zu einer kurzen Wartezeit kommen, bis ein neuer Kollege dem Chat beitritt. 09:23 Uhr

Niklas: Niklas hat den Chat verlassen. 09:23 Uhr

Telekom: Einen Moment bitte, wir verbinden Sie weiter. Der nächste Kundenberater kann den bisherigen Chat-Verlauf sehen und sich direkt über Ihr Anliegen informieren. Die Weiterleitung kann, je nach Verfügbarkeit des nächsten Kundenberaters, einen Moment dauern. 09:23 Uhr

Bärbel: Bärbel ist dem Chat beigetreten. 09:23 Uhr

Klaus: Ich hoffe, dass diesmal der Kontakt bestehen bleibt und man mir weiterhelfen kann. 09:24 Uhr

Bärbel: Hallo … dies ist ein Thema für die Festnetzkollegen … Ich gebe Sie gleich ab zu den Experten. 09:25 Uhr

Bärbel: Bärbel hat den Chat verlassen. 09:25 Uhr

Telekom: Einen Moment bitte, wir verbinden Sie weiter. Der nächste Kundenberater kann den bisherigen Chat-Verlauf sehen und sich direkt über Ihr Anliegen informieren. Die Weiterleitung kann, je nach Verfügbarkeit des nächsten Kundenberaters, einen Moment dauern. 09:25 Uhr

Klaus: Ich hoffe, dass die Weiterleitung diesmal gelingt! 09:26

Bircan: Bircan ist dem Chat beigetreten. 09:26 Uhr

Bircan: Guten Tag, mein Name ist Bircan. Ich leite Sie sofort an die zuständigen Fachkollegen von Sales-Chat weiter. Sollten Sie in eine Warteschlange kommen, haben Sie bitte einen kleinen Moment Geduld. Meine Kollegen sehen übrigens den bisherigen Chat. 09:27 Uhr

Bircan: Bircan hat den Chat verlassen. 09:27 Uhr

Telekom: Einen Moment bitte, wir verbinden Sie weiter. Der nächste Kundenberater kann den bisherigen Chatverlauf sehen und sich direkt über Ihr Anliegen informieren. Die Weiterleitung kann, je nach Verfügbarkeit des nächsten Kundenberaters, einen Moment dauern. 09:28 Uhr

Fabian: Fabian ist dem Chat beigetreten. 09:29 Uhr

Fabian: Klaus, ich muss mich für meine Kollegen entschuldigen. Sie sind wieder bei der ersten Abteilung gelandet. Haben Sie die App schon einmal neu installiert und auch den Router neu gestartet? 09:29 Uhr

Klaus: Ich denke, Sie können den bisherigen Chatverlauf verfolgen. Dann müssten Sie sehen, dass ich dies bereits gemacht habe. 09:30 Uhr

Fabian: Kein Grund, unhöflich zu schreiben! ... Ich versuche nur Ihnen zu helfen und eine Lösung zu finden. 09:30 Uhr

Klaus: Diese Lösung erhoffe ich mir auch durch diesen Chat. Aber so, wie dieser bisher abläuft, kann man schon einmal nervös werden. Die Aussage, dass man den gesamten Chat verfolgen kann, ist mir von diversen Kollegen versichert worden. 09:31 Uhr

Fabian: Was für ein Handy nutzen Sie? 09:31 Uhr

Klaus: Ein Motorola-Handy. Auf diesem Handy habe ich zu Beginn auch den Link zu Ihren Angeboten aktivieren können. 09:31 Uhr

Fabian: In unserem System ist keine Fehlerquelle ersichtlich, daher scheint das Problem beim Hersteller des Handys zu liegen. Aktuell liegt auch keine Störung der App vor. Sie sollten diesbezüglich den Hersteller des Handys kontaktieren. 09:33 Uhr

Klaus: …

Fabian: Es sieht so aus, als hätten Sie den Chat verlassen. Sollte ich keine Antwort mehr erhalten, muss ich diesen Chat leider schließen, um anderen Kunden helfen zu können. Sie können uns jederzeit wieder kontaktieren, falls Sie noch Hilfe brauchen. 09:36 Uhr

Fabian: Fabian hat den Chat verlassen.

Chat beendet.

Nur 16 Minuten! Aber gefühlt eine Stunde ohne irgendein Ergebnis! Was also tun? Ich wollte die Aktion unbedingt vor dem Rückflug nach Griechenland beenden. So startete ich den nächsten Versuch über die Hotline der Telekom. Erstaunlich schnell hatte ich bereits nach 25 Minuten musikalischer Berieselung einen Sachbearbeiter an der Strippe. Und dieser war sehr gewissenhaft und sehr gründlich. Er erklärte mir zu Beginn, dass wir nun jeden einzelnen Schritt der Einrichtung des Routers gemeinsam durchgehen würden, um meinen Fehler zu finden. „Meinen Fehler"! Natürlich! Wer sonst könnte für die misslungene Aktivierung von Smart Home verantwortlich sein? Alternativ könnte es laut Fabians Aussage im Chat nur noch der Hersteller meines Handys sein. Also ging es los mit der Fehlersuche: Einen Schritt nach dem anderen, welchen ich bei der Einrichtung vollzogen hatte, sollte ich meinem Berater nennen. Und das zog sich!

Nach fast einer Stunde kam dann die erlösende Antwort des Spezialisten: >>Sie haben doch tatsächlich alles richtig gemacht. Mein Kompliment!<<

>>Und wo liegt nun das Problem? Was soll ich machen?<<, fragte ich schüchtern nach.

>>Gar nichts! Der Router ist kaputt! Wir schicken Ihnen umgehend einen neuen zu, dann machen Sie alles noch einmal genauso wie beim letzten Mal, und schon haben Sie Smart Home aktiviert und sind sicher, dass keine Einbrecher Ihre Wohnung aufsuchen. Schönen Tag noch!<<, beendete der Fachmann für Installationsprobleme unser Gespräch.

Ich war sprachlos! Chat und endloses Telefonat mit der Telekom, um zu erfahren, dass der mir gelieferte Router defekt war: >>Wir schicken Ihnen umgehend einen neuen zu, dann machen Sie alles genauso wie beim letzten Mal.<<

Der Tag hatte ja hervorragend begonnen! Wenn das so weiter ging … dann hatte Nikos mit der Renovierung bereits begonnen, bevor ich nach Griechenland zurückfliegen konnte.

Gott sei Dank – oder Dank wem auch immer! – ging es am nächsten Tag auf der Bank dagegen reibungslos. Zwar erklärte mir der für uns zuständige Sachbearbeiter, dass eine Hypothek auf ein Haus in Griechenland nicht möglich sei, da man sich ja keinen Eindruck von der Bausubstanz machen könne – noch einmal „Gott sei Dank“! Doch die Hypothek könne einfach auf unser Haus in Deutschland aufgenommen werden. Welche Renovierungsmaßnahmen wir mit dem Geld vornähmen, interessiere niemanden. Irgendwie erinnerte mich das an Griechenland! So kamen wir schnell zum Abschluss, da ich Kerstins Vollmacht vorlegen und so den Vertrag unterzeichnen konnte.

Eine wichtige Aufgabe hatte ich jedoch noch zu erledigen. Kerstin hatte ich nichts davon gesagt, dass ich bereits mit einem Küchenchef für unser Hotel in Kontakt getreten war und hier in Deutschland die Bedingungen für seine Anstellung mit ihm verhandeln wollte. Ich hatte Fotis, so sein Name, kennengelernt, als ich ein griechisches Konzert besucht hatte und mit ihm ins Gespräch gekommen war.

Fotis war neununddreißig Jahre alt, arbeitete als Koch in einem griechischen Restaurant in Köln, war verheiratet, hatte zwei kleine Kinder, ein Mädchen von drei Jahren und einen Jungen von fünf Jahren, und wollte unbedingt in seine Heimat zurück, bevor die Kinder eingeschult wurden. Er selbst war in Griechenland geboren und im Alter von fünf Jahren mit seinen Eltern nach Deutschland gekommen. Seine Ehefrau Jessica hatte er vor acht Jahren kennengelernt und kurz darauf geheiratet. Jessica war Deutsche und hatte eine Ausbildung als Hotelfachfrau. Das alles passte natürlich perfekt in meine Vorstellungen eines Küchenchefs für unser Hotel.

Als wir uns am nächsten Tag in Köln trafen, berichtete mir Fotis, was er bisher bereits unternommen hatte. Da er sicher war, dass wir uns einig würden oder er anderenfalls eine Alternative in Griechenland finden würde, hatte er den Vertrag mit seinem Arbeitgeber gekündigt, was dieser sehr bedauerte, aber mit Verständnis für Fotis´ Pläne aufgenommen hatte. Schnell wurden wir uns einig über den Lohn und das Aufgabenfeld, welches Fotis in unserem Hotel übernehmen sollte. Zudem stellte ich ihm in Aussicht, dass seine Frau wahrscheinlich ebenfalls einige Stunden für uns arbeiten konnte. Hierüber musste allerdings Kerstin entscheiden, da dies in ihre Zuständigkeit fiel.

Da Fotis langfristig in Griechenland bleiben wollte, hatte er bereits versucht, die entsprechenden Papiere hierzu von der griechischen Botschaft in Düsseldorf zu erlangen. Doch als er mir nun von seinen Bemühungen hierzu berichtete, nahm sein Gesicht einen leidenden, fast verzweifelten Ausdruck an.

>>Du kannst dir nicht vorstellen, was ich erlebt habe, seit ich zum ersten Mal mit der Botschaft Kontakt aufgenommen habe. Dabei will ich doch nur alle Papiere korrekt in Griechenland vorlegen. Bis auf meine Geburtsurkunde habe ich ja nichts von griechischen Behörden. Für die bin ich vor neununddreißig Jahren geboren und seitdem verschollen. Also habe ich mir unsere Heiratsurkunde, die Geburtsurkunden der Kinder, die Meldebescheinigung in Köln und meinen Steuerbescheid besorgt, was schon mit viel Aufwand und Kosten verbunden war, da es sich jeweils um andere Ämter handelte. Dann habe ich bei der Botschaft angerufen und mir einen Termin geben lassen. Soweit war alles ja noch gut. Mir wurde eine Sachbearbeiterin zugeordnet, die für mich zuständig

sein sollte. Da ich noch einige Fragen hatte, bat ich darum, mich mit ihr zu verbinden. Da wurde es dann problematisch! Man sagte mir, dass dies möglich sei, ich jedoch mein Anliegen in Griechisch vorbringen müsse, da die Dame kein Deutsch spreche.<<

>>Was? Die arbeitet in der griechischen Botschaft in Düsseldorf und spricht kein Deutsch? Wo gibt es denn so etwas?<< Ich war völlig baff!

>>Dabei spreche ich jedoch deutlich besser Deutsch als Griechisch und wusste nicht, wie ich meine Fragen formulieren sollte<<, erklärte Fotis. >>Also habe ich auf die telefonische Auskunft verzichtet und gesagt, dass ich meine Fragen lieber an dem mir genannten Termin stellen möchte, und habe mir zu Hause dann mit Hilfe eines Übersetzungsprogramms notiert, was ich fragen wollte.<<

>>Aber du kannst doch Griechisch, wie du mir versichert hast<<, hakte ich mit einem leicht unbehaglichen Gefühl nach.

>>Ja, doch soviel nun auch wieder nicht. Ich bin ja dabei, jeden Tag zu lernen. Schließlich sollte man ja seine Muttersprache können, wenn man in diesem Land arbeiten möchte<<, gab Fotis kleinlaut zu.

>>Das will ich meinen! Okay, du lernst also bitte weiter intensiv, denn das muss einfach sein, da du ja auch für den Einkauf zuständig sein sollst und mit den anderen Mitarbeitern kommunizieren musst. Mit der griechischen Küche bist du aber hoffentlich vertraut, oder hast du bei euch im Restaurant nur die Beilagen zubereitet?>> Ich konnte meinen Unmut

über seine mangelnden Sprachkenntnisse kaum zurückhalten.

>>Natürlich kann ich griechisch kochen, sonst hätte ich doch nicht in einem griechischen Restaurant arbeiten können<<, wehrte Fotis sich. >>Nur mit der griechischen Sprache hapert es noch ein wenig.<<

Gut, dass Kerstin unser Gespräch nicht verfolgen konnte!

Klaus, der große Organisator, der alles im Griff hat! Stellt einen griechischen Koch ein, der kein Griechisch spricht! Und das in Griechenland! Mal sehen, was wir noch für Überraschungen erleben werden!

>>Okay, ich hoffe, dass du das hinbekommst. Und nun erzähl weiter, was für Probleme du mit deinen Papieren hattest!<< Langsam wurde es mir etwas mulmig zumute. Hoffentlich wurde es nicht noch schlimmer!

>>Also habe ich mich, wie gesagt, gründlich vorbereitet und bin zu dem mir genannten Termin nach Düsseldorf in die griechische Botschaft gefahren. Natürlich war ich ganz schön aufgeregt, als ich beim Eingang meinen Namen und den der mir zugewiesenen Sachbearbeiterin nannte und sagte, dass ich einen Termin hätte. Daraufhin wurde ich eingelassen und zu einem Tisch geführt, an welchem offensichtlich keine Dame, sondern ein Herr saß. Bevor ich äußern konnte, dass ich den Termin bei einer anderen Person hätte, wurde ich mit meinem Namen in perfektem Deutsch begrüßt. Als der Sachbearbeiter

mein verwundertes Gesicht sah, erklärte er mir, dass die für mich zuständige Dame Urlaub habe, in Griechenland weile und er nun für mich verantwortlich sei.<<

>>Da hast du ja Glück gehabt und warst sicherlich erleichtert<<, sagte ich inzwischen wieder hoffnungsvoller.

>>Wie man´s nimmt! Zunächst schon …<< Fotis lächelte etwas gezwungen. Es schien so, als ob ihn etwas schmerzte.

War wohl doch nur eine trügerische Hoffnung, die ich hatte!

>>… aber dann<<, fuhr Fotis fort, >>kam der Herr zur Sache und fragte mich nach meinem Anliegen und dann nach den notwendigen Unterlagen.<<

>>Die hattest du doch sicherlich bei dir, oder?<< Mir schwante Böses!

>>Natürlich. Ich war an vier verschiedenen Stellen gewesen und hatte mir alle Unterlagen als Kopien ausstellen lassen, gegen entsprechende Gebühr natürlich. Aber als ich sie nun in der Botschaft vorlegte, schüttelte mein Sachbearbeiter den Kopf und erklärte mir, dass die Kopien nicht ausreichten. Ich müsse natürlich alles in Form von Apostillen vorlegen. Erst dann sei es möglich, die Papiere zu bearbeiten. Ob er mir einen neuen Termin zuteilen solle?<< Fotis´ Gesicht nahm einen verzweifelten Ausdruck an.

>>Apostillen? Was sind das denn? Und wo bekommt man solche Apostillen? Hört sich irgendwie nach Apotheken an.<<

Diesen Begriff hatte ich noch nie gehört. Ob das besondere griechische Dokumente waren?

>>Eine Apostille ist, das habe ich auch zunächst mal nachschlagen müssen, eine vereinfachte Form einer Beglaubigung beim Austausch von Urkunden zwischen zwei Ländern. Mit ihr wird die Echtheit einer Urkunde, welche man in einem anderen als dem ausstellenden Land benötigt, bestätigt<<, dozierte Fotis.

>>Wow, schon wieder was dazugelernt. Und wo bekommt man eine solche Apostille? Bestimmt muss man dafür bezahlen. Oder?<<, hakte ich nach.

>>Und ob! Nachdem ich schon bei den regionalen Ämtern so einiges bezahlen musste, wurde ich nun noch einmal zur Kasse gebeten. Zudem kostete mich die Fahrt nach Köln zur Bezirksregierung, wo ich die Apostillen bekam, natürlich auch noch etwas<<, bestätigte Fotis.

>>Aber dann war ja endlich alles klar, und du hattest deine Pflicht für die Übersiedlung nach Griechenland erfüllt.<<

>>Wie man´s nimmt! Das dachte ich auch, fuhr beruhigt nach Düsseldorf in die griechische Botschaft und legte dort meine Papiere vor. Doch mein Sachbearbeiter sah mich wartend an und fragte, wo ich denn die Übersetzungen der Apostillen hätte. Auf meine Aussage, dass es sich doch um international gültige Dokumente handele, berichtigte er mich mit der Erklärung, dass dies stimme, aber die Apostille von einem anerkannten Übersetzer ins Griechische übertragen sein müsse.<< Fotis schien allein bei der

Erinnerung an den Besuch in der Botschaft wieder zu resignieren.

>>Und dann? Hast du die notwendigen Papiere wirklich wieder nicht bekommen?<<

Irgendwie erinnerte mich das an Texte von Franz Kafka, an endlose Behördenbesuche ohne Ergebnis. Ohne dass irgendein Vorankommen erkennbar wurde. Verunsicherung! Enttäuschung!

>>Übermorgen habe ich wieder einen Termin, diesmal zunächst bei dem Übersetzer, um die Dokumente abzuholen, und dann in der griechischen Botschaft. Mein Sachbearbeiter hatte mich getröstet, dass es nicht so schlimm sei, dass die Unterlagen nicht übersetzt seien, zufällig sei gerade ein anerkannter Übersetzer in der Botschaft, welchen er mir empfehlen könne. Es dauerte nur einen kurzen Anruf des Sachbearbeiters und keine fünf Minuten Wartezeit, bis diese wichtige Person sich zu uns gesellte. Glücklicherweise hatte der Übersetzer gerade eine Lücke in seinem gefüllten Terminplan und ließ sich die Papiere übergeben, nicht ohne auf sein nicht gerade geringes Honorar hinzuweisen. Also fahre ich übermorgen wieder nach Düsseldorf und habe dann hoffentlich alle nötigen Papiere für die Übersiedlung nach Griechenland.<<

>>Da fahre ich mit! Das muss ich mir ansehen beziehungsweise anhören, und vielleicht brauchst du ja Hilfe!<< Ich konnte mir einfach nicht vorstellen, dass in einer Botschaft Menschen aus dem eigenen Land derartig vorgeführt würden.

>>Danke! Irgendwie fühle ich mich bei dem Ganzen nicht wohl und nehme deine Hilfe daher gerne an<<, stimmte Fotis zu.

So fuhren wir zwei Tage später gemeinsam mit dem Zug nach Düsseldorf. Den Stress der Parkplatzsuche wollten wir uns ersparen, und außerdem waren sowohl das Büro des Übersetzers wie auch die Botschaft – offiziell bezeichnet als „Generalkonsulat der Hellenischen Republik, Außenstelle der Griechischen Botschaft" – direkt vom Hauptbahnhof aus zu erreichen.

Bevor wir den Termin im Konsulat wahrnahmen, stiegen wir in die erste Etage eines in der Nähe liegenden, nicht sehr einladenden Hauses hoch, wo sich das Büro des zertifizierten Übersetzers befand.

>>Guten Morgen, ich habe Sie bereits erwartet. Es gibt ein Problem<<, begann dieser ohne Umschweife. Mich schien er gar nicht zu registrieren. Fotis wurde blass und stand starr wie ein Reitpferd vor der Überquerung der nächsten, viel zu hoch wirkenden Hürde. Wann würde er endlich die Bestätigung erhalten, dass alle seine Papiere in Ordnung waren und er ohne Probleme nach Griechenland übersiedeln konnte? Jetzt wohl noch nicht, wie es schien!

>>Das Problem ist, dass dem Bearbeiter der Apostille ein Fehler unterlaufen ist<<, verkündete er mit bedauerndem Gesichtsausdruck.

>>Um was für einen Fehler handelt es sich<<, schaltete ich mich ein.

Erstaunt registrierte der Übersetzung in diesem Augenblick, dass sich neben Fotis noch eine weitere Person in seinem Büro befand.

>>Das ist so: Jeder Bearbeiter muss seine Unterschrift, welche für die Echtheit bürgt, linksbündig setzen. Leider hat dieser Bearbeiter jedoch seine Unterschrift mittig platziert. Das könnte dazu führen, dass das Dokument im Konsulat trotz meiner Übersetzung als nicht gültig gewertet wird. Ich empfehle daher, die Apostille noch einmal neu ausstellen und dann von mir übersetzen zu lassen<<, verkündete unser professioneller, über jeden Verdacht der Suche nach weiteren Aufträgen erhabener Übersetzer.

>>Nein, das werden wir nicht machen!<<, verkündete ich ruhig, aber bestimmt. >>Wir nehmen Ihre Übersetzungen, überreichen Ihnen eine sicherlich fürstliche Entlohnung für Ihre Arbeit und werden mit den Dokumenten zum Konsulat gehen. Dort werden wir diese vorlegen, egal ob linksbündig, rechtsbündig oder mittig, und haben damit dann hoffentlich alle notwendigen Unterlagen beisammen!<<

>>Wie Sie möchten. Aber ich habe meine Bedenken geäußert und Sie gewarnt<<, antwortete der Übersetzer mit leicht säuerlicher Miene.

Nachdem wir den Betrag für die Bearbeitung erfragt, diesen in Relation zur Bearbeitungszeit gesetzt und trotz der nicht nachvollziehbaren Höhe bezahlt hatten, wollte sich der Übersetzer von uns verabschieden. Da musste ich noch einmal die Initiative ergreifen:

>>Sie haben die Quittung vergessen! Dies scheint mir nicht ganz korrekt im Sinne des deutschen wie des griechischen Rechts zu sein!"

Seine Miene erinnerte nun zweifelsfrei an Essigessenz, als er in die Schublade seines Schreibtischs griff, einen Quittungsblock herauszog und einen Beleg ausfüllte.

>>Danke! Einen schönen Tag noch und weiterhin gute Geschäfte!<<, verabschiedete ich mich. Fotis, der in den letzten Minuten verzweifelt versucht hatte sich unsichtbar zu machen, nickte nur. Zu mehr konnte sich auch unser Übersetzer nicht durchringen.

So gingen wir weiter zum Konsulat, wo man uns auf Grund der Terminvergabe sicherlich bereits erwartete. Oder auch nicht! Auf die Minute genau – deutsche Pünktlichkeit! – meldeten wir uns am Eingang an und wurden zu Fotis´ Sachbearbeiter geführt. Dieser begrüßte uns, nachdem Fotis mich als einen Freund vorgestellt hatte, und fragte, ob Fotis nun alle notwendigen Unterlagen vorlegen könne.

>>Es war nicht so einfach, alles in der gewünschten Form zu beschaffen. Und billig war es auch nicht gerade<<, sagte Fotis, als er die Bescheinigungen auf den Tisch legte.

>>Ja, so ist das bei den örtlichen Verwaltungen. Aber schließlich wollen die Sachbearbeiter und besonders die Beamten auch von etwas leben. Auch mein bescheidenes Gehalt muss ja von irgendetwas bezahlt werden. Aber lassen wir das und kommen zur Sache. Ich sehe, dass Sie die übersetzten Apostillen

dabei haben, so dass im Grunde nichts gegen ihre Einbürgerung spricht.<<

Im Grunde? Was will er damit sagen? Ist ihm die falsch platzierte Unterschrift doch noch aufgefallen?

>>Dann wollen wir mal zum Abschluss kommen. Natürlich müssen auch bei uns zunächst die Gebühren entrichtet werden, bevor ich die Unterlagen unterzeichnen darf.<< Sprach´s, langte zu einem Formular, füllte es aus und legte es Fotis vor. Dessen Augen weiteten sich, als er die Summe sah, dann langte er jedoch in seine Tasche und zog sein Portemonnaie hervor. Als er seine Visakarte zückte, schüttelte der freundliche Herr hinter dem Schreibtisch bedauernd den Kopf: >>Mit Kreditkarte können Sie bei uns nicht bezahlen, nur mit Bargeld.<<

Fotis zählte sein Bargeld, schüttelte dann den Kopf: >>Soviel habe ich leider nicht dabei.<<

>>Das macht doch nichts. Gegenüber dem Bahnhofsvorplatz gibt es eine Bank, wo Sie sich mit Bargeld versorgen können.<<

Ich konnte mich nicht des starken Eindrucks erwehren, in seinen Augen Dollarzeichen aufblinken zu sehen. War wohl nur meine ausufernde Phantasie! Um das Verfahren abzukürzen, schlug ich Fotis vor, ihm das fehlende Geld auszuleihen, damit wir nicht noch warten mussten, bis der Sachbearbeiter wieder frei war. Fotis stimmte zu und legte die geforderte Summe auf den Tisch.

Und nun wurden wir Zeuge, wie schnell sich das Temperament eines Menschen ändern kann. Kaum lagen die Scheine und die wenigen Münzen auf dem

Tisch, waren sie auch schon in einer Kassette – Wann war die denn auf den Tisch gelangt? – verschwunden. Und genauso schnell ergriff der Mann einen Stempel, stempelte und stempelte, mindestens achtmal pro Formular, unterschrieb, ergriff dann einen anderen Stempel und stempelte wiederum ein ums andere Mal, richtete sich dann auf, atmete befreit auf und schob Fotis die Formulare zu.

>>Wenn Sie möchten, senden wir jetzt alles der zuständigen Stelle in Athen zu, welche Ihnen dann Bescheid gibt, wenn alles in Ordnung ist. Ich kann natürlich nicht sagen, wann man dort mit der Bearbeitung beginnt, da es eventuell sehr viele Anträge gibt<<, schlug er uns lächelnd vor.

Das war der Moment, in welchem ich nicht mehr an mich halten konnte. >>Mein Freund kann nicht so lange auf die Bestätigung warten. Falls die Bearbeitung dort ebenso schleppend vor sich geht wie hier, vergehen Wochen und Monate!<<

<<Ich verstehe<<, antwortete er leicht pikiert. >>Dann ist es vielleicht besser, wenn er die Unterlagen selbst nach Athen bringt. Auf Wiedersehen!<<

Auf Wiedersehen? Lieber nicht! So dachte auch Fotis, nahm seine Papiere und verabschiedete sich.

>>Ich fliege nach Athen und von dort nach Thessaloniki, meine Frau mit den Kindern kommt dann nach. Ich will die ganze Geschichte nur noch möglichst schnell beenden und dann in deinem Hotel arbeiten<<, erklärte Fotis.

Und wie ich ihn verstehen konnte! Auch ich wollte möglichst schnell wieder nach Griechenland zurück. Bisher hatte ich geglaubt, dass nur dort manches schwierig zu erledigen sei, meine letzten Erfahrungen hatten mir jedoch die Augen geöffnet.

Eines war mir jedoch noch nicht klar: Wurden etwa sämtliche Sachbearbeiter, egal welcher Institution, an einer zentralen Stelle in Deutschland für den Publikumsverkehr ausgebildet? Dann könnte man immerhin bei Engpässen leicht Personen zwischen der Telekom und dem griechischen Konsulat sowie anderen Stellen hin- und herschieben. Alle wären ja hervorragend dafür ausgebildet, die Kunden und Besucher zum Verzweifeln zu bringen!

Beruhige dich, Klaus. Den Spruch von der „Servicewüste Deutschland" hat es schon vor deinen Erlebnissen gegeben. Kümmere du dich jetzt besser wieder um die Renovierung deines ... bezeichnen wir es hoffnungsvoll: deines „Hotels"!

16

Mein Rückflug verlief wie geplant, wenn man die besondere Prozedur des Einsteigens als normal bezeichnen will. Die Hälfte der Passagiere mit Plätzen von Reihe 17 bis 32 stieg vorne, die Hälfte der Passagiere mit Plätzen von Reihe 1 bis 16 hinten ein. Das führte wie immer zu chaotischen Verhältnissen im Flugzeug, da man sich beim Aufeinandertreffen nicht aneinander vorbeidrängen konnte und daher auf andere Plätz ausweichen musste. Sofern diese noch frei waren! Und dies alles mit dem als Schutzmauer oder Waffe verwendeten Handgepäck!

Nach diesem sich immer wiederholenden Schauspiel und dem erfolgreich verlaufenen Start zeigte sich eine besondere Verhaltensweise griechischer Fluggäste: In dem Moment, als die Anschnallzeichen erloschen, sprangen dutzende Personen auf und versuchten im Tausch einen Sitzplatz neben ihren mitfliegenden Partnern in einer anderen Reihe zu ergattern. Um sich das Ergebnis dieser Versuche vorzustellen, denke man noch einmal an die Prozedur des Einsteigens! Danach passierte in den folgenden zweieinhalb Stunden des Fluges nach Thessaloniki nichts Besonderes mehr, wenn man von den Geräuschen weinender Kleinkinder und schnarchender Männer sowie dem ununterbrochenen Gerenne zu den Toiletten absah. Das Aussteigen war dann wieder von Hektik geprägt. So versuchte eine Dame mittleren Alters sich an mir vorbei zu drängen, und auf meine Erklärung, dass man doch in der Reihenfolge der Sitzreihen das Flugzeug verlassen solle, antwortete sie mit keckem Blick: »Und ich dachte, es gehe nach Schönheit.« Die Antwort, dass dann wohl noch nicht klar sei, wer von uns beiden zuerst an die Reihe komme, schluckte ich runter.

Eine knappe halbe Stunde nach der Landung befand ich mich mit Kerstin, welche mich abgeholt hatte, in unserer Wohnung und erzählte ihr von meinen Erlebnissen in Deutschland. Die für die Renovierung wichtigen finanziellen Aspekte hatten wir natürlich, wie zwischen uns verabredet, bereits vor den endgültigen, schriftlichen Abschlüssen per Telefon oder WhattsApp abgestimmt.

Kerstin hatte ebenfalls Neuigkeiten zu berichten. Nikos hatte sie kontaktiert und ihr gesagt, dass unser Hotel bereits in drei Wochen eingerüstet werde, da die Arbeiten an dem anderen Objekt zügig vorangingen. So wartete ich gespannt auf den Beginn der Arbeiten, und die nächsten Tage vergingen für mich viel zu langsam.

Endlich war es dann soweit: Unser Hotel sollte am nächsten Tag eingerüstet werden!

Doch als dieser Tag gekommen war, machte meine Freude einer nicht zu leugnenden Unsicherheit Platz, als ich den Aufbau des Gerüsts sah. Zwar wurde das gesamte Gebäude bis zum Dach eingerüstet, doch mit was für Materialien und welchen Sicherheitsmaßnahmen! Das Gestänge bestand aus stark korrodiertem Metall, über welches einfache, teilweise morsch wirkende Bohlen gelegt waren, um zu ermöglichen, dass man auf allen Ebenen am Haus entlang gehen konnte. Immerhin fanden sich zur Absicherung der Arbeiter waagerecht angebrachte Rohre als Geländer. Einer Sicherheitsprüfung in Deutschland hätte diese Konstruktion allerdings bestimmt in keiner Weise standhalten können. Wie so manches sieht man auch dies in Griechenland eben anders! Hoffentlich würden Nikos´ Männer entsprechend vorsichtig arbeiten!

Als ich zwei Tage später zum offiziellen Beginn der Arbeiten wieder an der Baustelle ankam, war ich erstaunt, keine emsig schuftende Arbeitskolonne anzutreffen. Immerhin erblickte ich bei genauem Hinsehen einen einzelnen Beschäftigten, welcher in der ersten Etage mit einem handelsüblichen Hammer – besser Hämmerchen! – bemüht war, allen lockeren Putz abzuschlagen. »Wenn das in dieser Besetzung, mit diesem Tempo weitergeht, dann werden aus den veranschlagten sechs Wochen mindestens sechs Monate werden«, murmelte ich vor mich hin und verließ fürs Erste den Schauplatz der Renovierungsarbeiten.

Am nächsten Morgen hatte sich das Bild dann entscheidend verändert: die Zahl der Arbeiter hatte eine Steigerung um dreihundert Prozent erfahren! Solch eine Rate hatte ich mir schon oft vergeblich für mein Aktiendepot gewünscht! In den nächsten Tagen blieb es bei der großen Besetzung, und alle maroden Teile der Fassade wurden mit Presslufthämmern abgelöst. Parallel zu der Lärmsteigerung stieg auch meine Hoffnung auf eine schnelle Fertigstellung des Ho-

165

tels und nahm ebenso wie das Gebäude langsam Gestalt an. Bis dann eines Tages niemand mehr auf der Baustelle erschien, wie auch in den folgenden beiden Tagen nicht. Die Füllung der inzwischen aufgestellten Container geriet dementsprechend ins Stocken. Nikos war für eine Nachfrage nicht zu erreichen, so dass meine Nervosität massiv anstieg.

Dann kam eines Tages – an einem Sonntag! – Nikos selbst mit sechs Arbeitern auf die Baustelle und erteilte den Befehl, die entstandenen Löcher in der Fassade zu schließen und dann mit dem Verputzen zu beginnen. Auf meine Nachfrage, weshalb in den letzten Tagen niemand zum Arbeiten erschienen sei, beruhigte mich Nikos: >>Ich musste noch schnell ein paar Arbeiten auf einer anderen Baustelle einschieben. Du brauchst dir keine Sorgen zu machen. Wie du siehst, legen meine Leute notfalls auch sonntags voller Elan los.<<

In den nächsten Tagen konnte ich mich davon überzeugen, dass Nikos nicht zu viel versprochen hatte: Nicht nur, dass die Fassade an Stellen, wo dieses notwendig war, verschalt und betoniert wurde, sie wurde auch bis auf die Flächen aus erhaltenen, hellen Natursteinen gedämmt und verputzt. Auch wurden die notwendigen Durchbrüche für die Balkontüren ausgestemmt, die Vorrichtungen für die Holzböden der Balkone angebracht und die neuen Fenster eingebaut. In der Woche darauf begannen Nikos´ Männer mit den Arbeiten im Inneren. Mauern wurden entfernt, andere gezogen, Vorrichtungen für die Installation der elektrischen Leitungen und Wasserleitungen gestemmt, Böden gegossen und gefliest. Als dann auch die Böden und Geländer der Balkone fertiggestellt waren, nahm das Hotel langsam immer mehr Gestalt an!

Während der Arbeiten an der Dachterrasse begannen der Elektriker und der Wasserinstallateur mit ihren Leuten im Inneren mit der Installation der Leitungen. Zudem wurden die Klimaanlagen, welche in den kühleren Monaten auch zum Heizen dienen sollten, innen und außen angebracht. Dass manche noch notwendige Arbeiten an der Front von freihändig auf den gerade angebrachten Geländern stehenden Arbeitern erledigt wurden, sorgte nur bei mir für ängstliche Momente. Man beruhigte mich, dass für solche Kleinigkeiten kein Gerüst mehr nötig sei. Das sei man gewöhnt! Mir kam dabei natürlich wieder die Frage nach der rechtlichen Absicherung der Arbeiter in den Sinn. Nikos versicherte mir, dass alles geregelt sei und ich mir keine Sorgen machen solle. Was blieb mir auch anders übrig, als ihm zu glauben?

Da ansonsten alles plangemäß lief, begann ich mir langsam Gedanken über die Ausstattung der Küche, der Inneneinrichtung der Zimmer und natürlich über den großen Tag der Hoteleröffnung zu machen. Welche Gäste würden wir einladen? Ab wann konnte man Zimmer buchen? Welche Speisen und Getränke sollten wir zur Eröffnung anbieten? Welche Musik sollte zur Eröffnung erklingen? Vom Band oder live? Sollte es ein Unterhaltungsprogramm geben? Fragen über Fragen!

Natürlich gab es auch einige Kuriositäten und Zwischenfälle bei den Arbeiten.

So baten mich zwei Wasserinstallateure eines Tages, ich solle einmal schauen kommen, was sie gefunden hätten. Da dies nicht das erste Mal war, dass mich die beiden, die mich wegen ihrer Figur an die Stummfilmstars Pat und Patachon erinnerten, zu sich baten, um ihre besonderen Arbeitstechniken vorzuführen, kam ich ihrer Bitte gerne nach. Diesmal zeigten sie mir allerdings keine akrobatische Einlage, wie einige Tage zuvor, als sie in einen von der Decke abgehängten Zwischenraum gelangen mussten, um ein Wasserreservoir zu entfernen. Auf meine Frage, wie sie das ohne Leiter bewerkstelligen wollten, ging der dünne, große Installateur – Pat – in die Hocke, der kleine, rundliche – Patachon – setzte sich auf seine Schultern, wurde von ihm in die Höhe gehoben und konnte so in den engen Zwischenraum klettern, um den Wasserkanister aus der Verankerung zu lösen, nach vorne zu schieben und – wieder auf der Schulter von Pat – nach unten zu reichen. Dabei übergab er mir zudem eine Kiste, welche mit Ringen, Medaillons und anderen Schmuckstücken gefüllt war. Ob diese echt waren oder ob es sich um Modeschmuck handelte, wusste ich nicht. Dies würde sich später sicherlich feststellen lassen.

Aber an diesem Tag war es kein Kunststück, welches Pat und Patachon mir vorführen wollten

>>Chef, schauen Sie mal, wie man in Griechenland Wasserleitungen auf sichere Art abdichten kann<<, rief mich Pat in einen bereits früher als Bade-

zimmer genutzten Raum und zeigte auf das Anschlussrohr. Und dort war, deutlich erkennbar, ein Kondom zu erkennen, welches die Leitung abdichtete.

>>Sage noch einer, wir Griechen seien nicht erfinderisch, wenn es um Problemlösungen geht. Und das nicht erst heute, sondern schon vor Jahrzehnten. Dass es damals bereits Kondome gab, wundert mich allerdings<<, steuerte Patachon mit einem Kopfschütteln bei. Mir blieb nichts anderes übrig, als den beiden staunend zuzustimmen.

Ein anderes Mal hatten sie genauestes geprüft, welches Ersatzteil sie benötigten, dieses dann besorgt, um beim Einbauen festzustellen, dass es das verkehrte Teil war. So mussten sie sich noch einmal auf den Weg machen, um einzukaufen. Dass sie dazu zwei Stunden brauchten, musste daran gelegen haben, dass sie an einem Café vorbeigekommen waren und dort Bekannte getroffen hatten. Griechische Verhältnisse!

Dann war da noch der Elektriker, welcher wegen eines Unfalls mit dem Moped am Tag zuvor und der dabei erlittenen Schulterverletzung nicht wie geplant weiterarbeiten konnte. Das würde natürlich eine längere Unterbrechung und so eine Verschiebung der Eröffnung bedeuten, falls ich keinen anderen Elektriker fand, der spontan als Ersatz einspringen konnte. Falsch gedacht! Der von mir als nicht mehr einsatzfähig vermutete Elektriker brachte einfach einen Bekannten ohne Berufserfahrung mit, welchen er Schritt für Schritt anwies, das zu tun, was zu tun war. Wieder einmal wurde mir klar, wie man mit einfachen Mitteln Probleme lösen kann, wenn man offen für ungewöhnliche Methoden ist.

Bei der Verlegung der Elektroleitungen für die Küche des Restaurants stand dann glücklicherweise der Experte selbst wieder vollständig zur Verfügung, was ich dann doch mit einem Aufatmen registrierte. Dafür gab es einige andere Schwierigkeiten zu überwinden. So stürzte beim Abschlagen der alten Fliesen in der ehemaligen Küche die halbe Wand ein, glücklicherweise, ohne dass jemand zu Schaden kam. Der Grund für den Unfall war eindeutig, dass man mit Putz von zehn bis fünfzehn Zentimeter versucht hatte, die schiefen Wände zu begradigen.

Auch war nicht alles Verbrauchsmaterial für die Handwerker geliefert worden und musste bei 40 Grad Lufttemperatur mühsam per Pedes besorgt werden, da kein geeignetes Fahrzeug zur Verfügung stand.

Dagegen konnte ein Vogelnest in der gerade erst installierten Dunstabzugshaube der Restaurantküche die Arbeiter nicht weiter aufhalten.

Die Anlieferung der Geräte für die Küche jedoch schon! Zunächst konnte der Fahrer des Lastwagens die Adresse nicht finden und bestand auf einem Treffen bei der Polizeistation, da ihm diese bekannt war. Woher wohl? Dann beharrte er beim Ausladen darauf, dass ich ihm helfen sollte, wobei er mir besonders die schweren Teile lassen wollte und mich ständig mit >>Mister! Mister<< anzufeuern versuchte. Dann zeigte sich, dass er nicht alle bestellten Möbel im Wagen hatte, er aber darauf bestand, dass die ausgeladenen Teile alles sei, das wir bestellt hätten. Die Diskussion über die fehlenden Teile beendete er damit, dass er wortlos einstieg und davonfuhr.

Kerstin und ich hatten uns inzwischen intensiv mit der Einrichtung der Gästezimmer beschäftigt und waren zu dem Entschluss gelangt, die sich am Ort befindende Filiale eines schwedischen Möbelherstellers dafür heranzuziehen. So wollten wir in einem gemieteten Transporter für die acht Zimmer sämtliche Möbel transportieren. Doch vor der Durchführung dieser Aktion hieß es, die richtigen Entscheidungen aus dem umfangreichen Angebot zu treffen.

Schnell waren wir uns einig, dass unsere Assoziationen bei den schwedischen Bezeichnungen uns bei der Auswahl als Hilfe dienen sollten. So schied von Beginn an „Angslilja" als Bettwäsche aus, da unsere Gäste nicht von Alpträumen gequält werden sollten. Auch von „Knarrevik" als Bettschränkchen waren wir nicht überzeugt. Aber welches Bettgestell sollten wir wählen? „Gladstad", „Askvoll" oder Björksnäs"? Als Bettschränkchen blieben noch „Kullen" oder „Perjohan", als Matratze „Vadsö" oder „Hövag". Wir verglichen die Preise, den Grad der Nachhaltigkeit und natürlich die optische Erscheinung. Schließlich wählten wir das meiste aus der Schlafzimmerserie „Gursken", dazu Schränke aus dem System „Pax", weil wir hier Bezüge zu dem lateinischen Ausdruck für „Frieden" vermuteten. Die Bettwäsche von „Nettjasmin" schien uns angenehme Gerüche zu verheißen, die Lampenserie „Solklint" den Ersatz für eventuell fehlenden Sonnenschein. Bei der Ausstattung der Badzimmer gefiel uns die Serie „Godmorgen", welche einen guten Morgen und Gottes Segen versprach. Sessel der Marke „Poäng" wurden denen der Marke „Friheten" vorgezogen und vervollständigten die Einrichtung der Zimmer, jeweils natürlich in achtfacher Menge. Die Bezahlung fiel uns nicht schwer, da die Einrichtung des griechischen Kontos ja bis auf einige unbedingt erforderliche Unterlagen tatsächlich problemlos gewesen war. Allerdings mussten wir Blatt für Blatt einzeln unterzeichnen, gefühlte fünfzigmal, dazu unsere Personalausweise vorzeigen und zudem unsere griechische Steuernummer angeben. Ich bekam das Gefühl, dass wir die gesamte Filiale aufkaufen und übernehmen sollten, und konnte mich gerade noch zurückhalten, bevor ich fragte, ob auch ein Aids-Test notwendig sei. Als wir schließlich alle Einrichtungsgegenstände im späteren Restaurant unseres Hotels untergebracht hatten, waren wir der Eröffnung wieder einen Schritt nähergekommen.

Nikos´ Männer waren inzwischen mit dem Anbringen und Verputzen der griechischen Säulen als Balkongeländer und dem Streichen der Fenster sowie Zimmer beschäftigt, wobei er einem seiner Leute klarmachen musste, dass nur die Rahmen der Fenster und nicht die Scheiben gestrichen werden sollten.

Fertiggestellt war auch die Dachterrasse, und die Bar im inzwischen von Unkraut befreiten, dann mit Folie ausgelegten und neu bepflanzten Garten, der nun auf durstige Gäste wartete. Bei der Bestuhlung des Restaurants im Innen- und Außenbereich hatten wir uns für die in Griechenland typischen Holzstühle mit Basteinlage entschieden, um den Erwartungen der Gäste zu entsprechen.

Noch einmal stieg meine Anspannung in ungeahnte Höhen! Alles schien jetzt bereit für das Abwinken mit der griechischen und deutschen Flagge beim Überqueren des Zielstrichs …

17

Dann war es endlich soweit!
Hotel Kukuweia war fertiggestellt! Mein Traum hatte sich erfüllt! Voller Freude stand ich auf dem Boulevard und konnte meinen Blick nicht von unserem Hotel lösen. Ich war gerührt und genoss den Moment in Stille. Auch Kerstin, die neben mir stand, schien jetzt nicht mehr an meiner Idee zu zweifeln, wie man ihrer zufriedenen Miene entnehmen konnte.

Mein Glückwusch, Klaus! Ich muss zugeben, dass auch ich meine Zweifel hatte, ob du wirklich das Richtige machst, wenn du in deinem Alter einen solchen Schritt gehst und ein Hotel eröffnest. Jetzt müssen nur noch zufriedene Gäste kommen, dann hat sich dein Traum tatsächlich erfüllt.

Voller Stolz betrachtete ich das Gebäude. Die Fassade strahlend weiß bis auf die Stellen, an welchen wir aus optischen Gründen die Natursteine belassen hatten. In Parterre weite Fenster, welche den Blick auf den Innenraum des Restaurants mit seiner typisch griechischen Einrichtung in blau-weißen Farben ermöglichten. Davor und vor dem von weißen und roten Oleandern begrenzten Gartenteil auf der rechten Seite die Außengastronomie mit einer großzügigen Bar und einem riesigen Grill zur Bewirtung der Außentische am Boulevard und der Holztische und -bänke im Biergarten. Der Boden vor dem Hotel und der Bar war durch Schieferplatten unterschiedlicher Form und Größe befestigt, die Fugen waren durch weiße Farbe hervorgehoben. Typisch griechisch eben!

Die beiden oberen Etagen wiesen jeweils vier Balkone mit großen Fenstern auf der linken Seite und durch Mückennetzen versehenen Türen rechts auf. Zur Abgrenzung der Wohneinheiten befanden sich Sichtschutzwände zwischen den Balkonen. Die Fenster und Türen wurden durch eine Umrandung von grau-weißen Ziegelsteinen betont. Alles war so, wie ich es mir vorgestellt hatte! Selbst die Pergola und sonstigen Aufbauten des Dachgartens konnte man von unten deutlich erkennen. Besonders froh war ich, dass, bereits als die Arbeiten Schritt für Schritt vorangingen, auch Kerstin ihre anfänglichen Zweifel aufgegeben hatte und sich nun über die Fertigstellung unseres Hotels freute. Da sie noch fürs Abendessen einkaufen wollte, blieb ich allein auf dem Boulevard zurück. Ich konnte mich einfach noch nicht vom Anblick unseres Hotels trennen.

Während ich mir noch einmal den ganzen Entstehungsprozess von meiner ersten Idee bis zur Fertigstellung durch den Kopf gehen ließ, hörte ich auf einmal ein mir inzwischen sehr bekanntes Geräusch, und nur wenig später tauchte Nikos´ Motorrad an der Straßenecke auf. Doch was war das? Nikos war zwar in seinem auffälligen Outfit leicht zu erkennen, zumindest an seinem schnittigen Hütchen statt eines Schutzhelms. Doch er war nicht allein! Hinter ihm saß noch jemand, der einen modernen Integralhelm trug. Wen brachte Nikos mit? Das sollte ich nur Sekunden später erfahren.

Als die Person, noch auf dem Motorrad sitzend, den Helm abzog, erkannte ich — das konnte doch nicht wahr sein! —, da erkannte ich Dimitrios, welcher mit Nikos´ Hilfe vom Motorrad stieg.

>>Καλημέρα, είσαι κάλά? Guten Morgen, geht es dir gut? Betrachtest du mein neues Zuhause?<<, begrüßte mich Dimitrios mit einem Lächeln auf seinem runzeligen Gesicht. >>Da staunst du, was? Hätte ich auch nicht gedacht, dass ich noch einmal einen Ausflug auf dem Motorrad machen würde.<<

Ich war völlig verwirrt. >>Aber … aber … woher kennt ihr beide euch denn überhaupt?<<

>>Klaus, du hast mir soviel von Dimitrios erzählt, dass ich ihn unbedingt kennenlernen musste. Ja, und dann haben mir unsere gemeinsamen Freunde vom Markt gesagt, wo er wohnt, und ich habe ihn ein paarmal auf meinen Touren besucht. Dimitrios ist schon ein Original, das man kennen sollte! Heute habe ich dann gedacht, dass er bestimmt gerne mit eigenen Augen sehen möchte, was aus seinem Elternhaus geworden ist. Und als ich ihm vorgeschlagen habe, mit dem Motorrad hinzufahren, hat er begeistert zugestimmt<<, erklärte Nikos.

>>Ist doch klar, dass ich dabei sein wollte! Erstens will ich sehen, wie mein neues Zuhause aussieht, und zweitens werde ich so schnell nicht wieder die Chance zu einer Fahrt mit dem Motorrad bekommen. Dabei ist das die reinste Verjüngungstour<<, schaltete sich nun Dimitrios wieder ein.

>>Und? Wie gefällt dir das Hotel?<<, wollte ich natürlich sofort wissen. >>Ist es so, wie du es dir vorgestellt hast?<<

>>Nein, ganz anders! Wirklich ganz anders! Wahrscheinlich habe ich noch zu sehr das Bild meines Elternhauses vor Augen.<<

>>Dann bist du enttäuscht?<<, fragte ich etwas verunsichert nach.

>>Nein, das nicht. Das Haus ist wunderschön, keine Frage! Doch mein Elternhaus kann ich wirklich nicht darin erkennen. Aber mach dir keine Sorgen! Alles ist gut. Ich freue mich darauf, möglichst bald einziehen zu können. Und immerhin lebe ich ja dann in den gleichen Mauern wie in meiner Kindheit. Eins möchte ich dir aber noch sagen, das kann ich dir nicht ersparen<<, fuhr er in ernstem Ton fort.

Was kam jetzt noch? War etwas im Zusammenhang mit unserem Vertrag nicht in Ordnung? Hatte ich etwas falsch gemacht?

>>Ich wollte dir noch sagen, … dass … dass es eine tolle Idee von dir war, mein Elternhaus in ein Hotel zu verwandeln. Herzlichen Glückwunsch!<<, vollendete Dimitrios seinen Satz. Dieser Witzbold!

Als unser Lachen verklungen war, ließ sich dann auch Nikos mit ernstem Gesicht noch einmal vernehmen. <<Ja, Klaus, das war wirklich eine gute Idee. Auch, dass du mich für den Umbau hinzugezogen hast. Leider muss ich dir allerdings sagen, dass ich mit der veranschlagten Summe bei Weitem nicht hingekommen bin. Du musst noch 50 000 Euro nachschießen.<<

Das durfte doch nicht wahr sein! Wir hatten doch einen Vertrag mit Festpreis! Zwar ohne schriftliche Fixierung, aber Nikos hatte doch gesagt, dass so etwas zwischen uns nicht notwendig sei!

>>Aber Nikos, wir hatten doch vereinbart, dass der Gesamtpreis …<<, erwiderte ich in leicht aggressivem Ton, wurde jedoch sofort wieder von Nikos unterbrochen: >>Dass der Gesamtpreis für die ganze Renovierung und den Umbau … natürlich bleibt wie besprochen! War nur ein kleiner Scherz von mir, haha!<<

Noch ein Witzbold! Doch diesmal hatte mir Nikos tatsächlich einen gewaltigen Schrecken eingejagt. Als er mir dann freundschaftlich auf die Schulter schlug, konnte ich bereits wieder mitlachen.

Dimitrios bot ich an, in der nächsten Woche in sein Zimmer im Hotel einzuziehen. Gerne stimmte er zu und freute sich, dass wir die wenigen Dinge, welche er mitbringen wollte, mit dem Auto abholen würden.

Dabei fragte ich mich, was mit dem Haus, in welchem er bisher wohnte, geschehen würde. Schnell wurde mir klar, dass es wie so viele Häuser in den Dörfern auf dem Land verfallen würde, wenn die Bewohner verstarben. Dies war meist so, wenn es keine Nachkommen gab oder diese nicht von der Stadt ins Dorf ziehen wollten und die Häuser nicht billig an Albaner oder Bulgaren vermieten wollten. Kaufinteressenten wie in stadtnahen Gebieten gab es in den seltensten Fällen. Die Natur würde sich in Jahren und Jahrzehnten ihr Gebiet zurückerobern.

Nachdem Nikos und Dimitrios sich per Handschlag von mir verabschiedet hatten, wieder aufs Motorrad gestiegen und mit aufheulendem Motor und unter Dimitrios´ Jauchzen verschwunden waren, machte auch ich mich auf den Weg, um mit Kerstin die nächsten Schritte zu besprechen.

Sie überraschte mich mit einem typisch kretischen Gericht, nämlich junge Erbsen mit Artischockenböden in einer Soße aus Tomaten, Zwiebeln und frischen Kräutern. Dazu passte natürlich ein Bauernbrot und ein im Fass gereifter Rotwein aus Kreta. Einfach Lecker!

Endlich gibt es wiedermal ein alkoholisches Getränk! Ich dachte schon, du wärst bei dem ganzen Baustress zum Antialkoholiker geworden.

Nach diesem köstlichen Mahl rekapitulierten Kerstin und ich zunächst die personelle Situation unseres Hotels. Unser Koch Fotis, mit dem Kerstin sich gerne einverstanden erklärt hatte, war inzwischen aus Athen in Thessaloniki angekommen, wo sich seine Ehefrau und die beiden Kinder bereits in der angemieteten Wohnung befanden. Zwar war er einen Tag später als geplant eingetroffen, da der Schnellzug, mit welchem er von Athen nach Thessaloniki kommen wollte, defekt war. Auf seine Nachfrage, warum man dann keinen anderen einsetze, fragte der angesprochene Bahnbeamte ihn seinerseits, welchen anderen er denn meine. Es gebe keinen anderen!

In Athen hatte Fotis seine Papiere in wenigen Minuten unterzeichnet bekommen, nicht, ohne dass der dort zuständige Beamte über seine Kollegen in der griechischen Botschaft geschimpft hatte, welche das mindestens fünffache Gehalt erhielten, aber ihm die Arbeit überließen.

Fotis hatte mit uns zusammen die Gerichte zusammengestellt, welche wir anbieten wollten, wobei einige meiner griechisch-deutschen Kombinationen von beiden zwar nicht ohne Bedenken, jedoch Zustimmung erfahren hatten.

Auch das Küchenpersonal, die „Zimmermädchen" und Bedienungen im Restaurant hatten wir inzwischen unter Mithilfe der Freunde vom Markt gefunden, wobei die Lohnvorstellungen durchaus unserem Budget entsprachen. Natürlich hatten wir wegen der niedrigen Stundenlöhne ein schlechtes Gewissen, obwohl wir uns an die ortsüblichen Tarife gehalten hatten. Zudem hatten alle Angesprochenen sofort zugestimmt, ohne nach einem höheren Lohn zu fragen. Wir waren eben nicht mehr in Deutschland!

So kann man sich selbst beruhigen und vor zu großen Gewissensbissen schützen! Aber auf der anderen Seite habt ihr recht und müsst eure Ausgaben kalkulieren, damit die Arbeitsplätze überhaupt erhalten bleiben. Ich hoffe, dass ihr alle Mitarbeiter wenigstens korrekt angemeldet habt.

Da wir die Verantwortung für die Mitarbeiter trugen und uns korrekt verhalten wollten, hatten wir immerhin versucht, alle Helfer anzumelden, waren bei einigen allerdings nicht auf Gegenliebe gestoßen. Schwarzarbeit macht eben weiterhin einen Großteil der Tätigkeiten in Griechenland aus. Und nicht nur in Griechenland!

Eine weitere Person war inzwischen ins Team gekommen, und zwar Konstantinos, ein Grieche, welcher in München lebte, dort ein eigenes Geschäft betrieb, dieses aber verpachten wollte, um mehr Zeit in seiner Heimat zu verbringen. Ich hatte ihn bei einem meiner zahlreichen Besuche in den Strandcafés kennengelernt und ihm von unseren Hotelplänen erzählt. Schnell war er darauf eingegangen und hatte voller Begeisterung vorgeschlagen: »Das ist eine super Idee! Kann ich nicht irgendwie dabei sein? Das wäre echt krass! Ich könnte zum Beispiel den Geschäftsführer machen. Das liegt mir! Dazu habe ich zudem aus meinem Geschäft in München Erfahrung genug. Was sagst du dazu, Klaus?«

»Schön, dass dir unser Plan so gut gefällt und du dich beteiligen willst. Aber der Job als Geschäftsführer ist schon vergeben. Und zwar an mich! Außerdem können wir uns keine weiteren Ausgaben für das Personal mehr leisten Tut mir leid!«

Meinen Job übernehmen! Das fehlte gerade noch! Der möchte wohl am liebsten das ganze Hotel übernehmen! Unglaublich!

»Klaus, mir geht es nicht darum, meinen Finanzstatus zu erhöhen. Der reicht mir auch so. Das

Geschäft wirft genug ab, und selbst wenn ich es zu einem günstigen Preis verpachte, reichen die Einnahmen auch auf jeden Fall, ohne dass ich etwas dazuverdienen muss. Außerdem habe ich genügend Rücklagen und dazu noch Mieteinnahmen<<, erklärte Konstantinos gelassen.

Angeber! Aber trotzdem war er mir sympathisch! Ich weiß auch nicht warum, aber irgendwie gefielen mir der Typ und seine Art.

>>Irgendetwas müsst ihr doch für mich zu tun haben. Ich finde deinen Plan so spannend, dass ich unbedingt dabei sein will. Notfalls übernehme ich die Bar. Du müsstest mal meine Cocktails testen. Ein Gedicht, sag ich dir!<<, ließ Konstantinos nicht locker.

>>Ich weiß nicht<<, schüttelte ich den Kopf. >>Ich kann mir einfach keine Tätigkeit für dich vorstellen, für welche wir noch niemanden eingestellt haben. Auch wenn du mir sympathisch bist und ich nichts gegen deine Mitarbeit einzuwenden hätte.<<

Die nächsten Minuten waren durch Schweigen und Rühren in den inzwischen leeren Kaffeetassen geprägt. Dann sprang Konstantinos plötzlich auf und signalisierte mir voller Freude mit erhobenem Daumen, dass er die Lösung gefunden hatte.

>>Heureka! Ich hab´s! Jetzt weiß ich, was ihr noch braucht! Ihr braucht einen Event-Manager! Und dieser Event-Manager … bin ich!<<

Verdutzt schaute ich ihn an. Was? Einen Event-Manager? Wozu brauchten wir einen Event-Manager? Und wenn wir einen brauchten, dann gab es ja noch mich!

Doch schon legte Konstantinos los und beschrieb seinen zukünftigen Aufgabenbereich:

»Ich werde zunächst einmal eine fantastische Eröffnungsfeier planen! Mit allem Pipapo, wenn du weißt, was ich meine! So eine Eröffnungsfeier hast du, hat der ganze Ort noch nicht gesehen! Danach übernehme ich für den Alltag Knaller-Aktionen, zum Beispiel Gewinnspielabende, kulinarische Themenabende, Ausflüge nach Thessaloniki und zu den interessantesten Zielen in der Umgebung, Segeltörns, Tanzabende, und das ist nur der Anfang! In keinem Hotel hier in Peraia kann man mehr erleben! Du wirst sehen, ohne mich läuft bald nichts mehr!« Konstantinos verstummte, weil er erst einmal Atem holen musste.

Irgendwie erinnerte mich das an Nikos. Wie war das noch? Was stand auf seinem T-Shirt? Das Bild unseres ersten Treffens erschien wieder vor meinem geistigen Auge: „Ohne mich geht nichts!" Aber schließlich hatte ich mit Nikos äußerst positive Erfahrungen gemacht, die Renovierung war wie geplant erfolgt, und vielleicht würde es mit Konstantinos ja ebenso sein. Zwar hatte ich einiges von dem, was er aufgezählt hatte, selbst schon in Betracht gezogen, doch vielleicht würde es ja für mich allein neben der Tätigkeit als Geschäftsführer auch etwas zu viel. Zumindest, wenn es so gut lief, wie ich erhoffte.

Da muss ich dir recht geben. Wenn es denn so gut läuft! Was ich für euch hoffe! Voller Energie und voller Ideen scheint Konstantinos auf jeden Fall zu sein.

>>Das ist sicherlich keine schlechte Idee, Konstantinos, aber wir haben in unserem Budget wirklich keinen Platz mehr für eine zusätzliche Arbeitskraft<<, versuchte ich seinen Elan zu bremsen, was mir jedoch nicht gelang.

>>Ich habe dir doch schon erklärt, dass es mir nicht um einen Zuverdienst geht, auch wenn man einen solchen immer gebrauchen kann. Ich schlage dir vor, dass ihr mir nullkommanichts für meine Arbeitsstunden bezahlt, ich dafür aber die Hälfte vom Gewinn der „Special Events", welche ich geplant habe, erhalte. Ist das ein Vorschlag<<, hakte Konstantinos nach.

Irgendwie waren sämtliche Vertragsverhandlungen im Zusammenhang mit unserem Hotel ungewöhnlich! Aber bisher war alles für uns perfekt gelaufen, warum dann nicht jetzt auch?

>>Ja, das hört sich nicht schlecht an, was du vorschlägst. Aber was ist, wenn wir keinen Gewinn machen oder sogar Verlust?<<, gab ich zu bedenken.

>>Dann erhalte ich die Hälfte von nichts, also gar nichts. Und ein Minus machen werden wir eh nicht, dafür werde ich sorgen. Komm, schlag ein!<<

Und ich schlug ein, machte meine Zusage allerdings von Kerstins Zustimmung und ihrer Beteiligung an den finanziellen Vorüberlegungen zu den Special Events abhängig.

Als Kerstin dann mit unserer Abmachung einverstanden war, wie sie sagte aus Angst, dass ich mich übernahm, und weil sie die Kontrolle über die

Finanzierung der Projekte hatte, befand sich eine weitere wichtige Person in unserem Team: Konstantinos, Eventmanager!

18

Dann stand der große Tag der Eröffnung bevor! Fast vier Wochen lang hatten wir uns mit den Vorarbeiten und der Planung des Abends beschäftigt.

Konstantinos war dabei tatsächlich eine große Hilfe gewesen, und seine Ideen musste ich neidlos anerkennen.

Zunächst einmal hatten wir in allen sozialen Netzwerken bekannt gemacht, dass wir unter die Hoteliers gegangen waren und für wann die Eröffnung des Hotels geplant war. Schnell waren daraufhin alle fünf noch verfügbaren Zimmer ausgebucht gewesen, und es gab noch doppelt so viele weitere Anfragen. Mehr als fünf Zimmer konnten wir für die Eröffnungsfeier nicht vermieten, da wir zwei Zimmer für die Familie reserviert hatten und in einem Dimitrios wohnte. Für alle Interessenten, für welche keine Zimmer bei uns mehr zur Verfügung standen, hatten wir Appartements in der Nähe gefunden, die gerne akzeptiert wurden. So konnten wir bereits mit einer großen Zahl von Personen am Abend der Eröffnung rechnen. Hinzu kamen einige geladene Gäste, wie Nikos, die Freunde vom Markt und Petros, alle natürlich mit ihren Partnerinnen. Zudem hatten wir in den letzten Tagen Handzettel auf dem Boulevard verteilt, in welchen die Eröffnungsfeier angekündigt wurde.

Gerade Petros´ Anwesenheit lag mir besonders am Herzen, da wir durch die Eröffnung des Hotels zu Konkurrenten um die Gunst der Urlauber geworden waren. Auf meine Äußerung in dieser Hinsicht hatte Petros meine Bedenken allerdings bereits weitgehend verscheucht.

>>Mach dir keine Gedanken darüber, Klaus! Wir alle hier am Boulevard sind so etwas wie Konkurrenten. Aber wir haben auch gemeinsame Interessen, welche uns zusammenschweißen. Unsere Freundschaft, Klaus, wird dadurch in keiner Weise beeinträchtigt. Wir müssen doch zusammenhalten, um unsere Interessen gegenüber der Gemeinde zu vertreten. Und wer weiß, vielleicht wollen die Gäste in eurem Hotel auch gerne einmal in der Fischtaverne nebenan zu Mittag oder Abend essen. Außerdem bedeutet jeder Konkurrent um die Gunst der Gäste die Verpflichtung, weitere Anstrengungen zu unternehmen, um noch besser zu werden. <<

>>Danke, Petros! Es freut mich, dass du das so siehst, denn unsere Freundschaft liegt mir sehr am Herzen. Zur Eröffnung bist du selbstverständlich eingeladen, und sicherlich werde ich bei meinen Gästen keine Stimmung gegen deine Fischtaverne machen<<, versprach ich.

Nach dem Gespräch war ich sehr froh und erleichtert, dass ich mir bei der Planung der Eröffnungsfeier über dieses Problem keine Gedanken mehr machen musste.

Konstantinos war ganz in seinem Element, als er uns vorschlug, den Abend in Form einer griechisch-bayerischen Feier zu planen. Schließlich passe die Gestaltung in blau-weißen Farben perfekt zu beiden

Ländern, zu Griechenland und Bayern. Es war tatsächlich so, dass er von zwei „Ländern" sprach! Seine bayerische, zweite Heimat ließ sich nicht verleugnen. Dazu passte dann auch der Vorschlag, Weißbier und Weißwürste anzubieten.

Mit Weißbier als angebotenem Bier neben den griechischen Marken „Mythos" und „Alpha" statt der in Griechenland so beliebten niederländischen Biere konnte ich mich einverstanden erklären, die Weißwürste musste ich ihm jedoch ausreden.

Das Menüangebot hatte ich nämlich bereits mit Kerstin besprochen und von ihr die Zustimmung zu meinen kulinarischen Kreationen erhalten, welche Fotis zubereiten würde. Auf die ihrer Meinung nach zu gewagten Kombinationen deutsch-griechischer Zutaten als Überraschung hatte ich allerdings auf Wunsch der beiden verzichtet. Diese würden erst nach der Eröffnung die Speisekarte schmücken. Zu Konstantins Freude erklärten wir uns einverstanden, dass er als Mitternachts-Snack Leberkässemmel und Bretzeln anbieten wollte.

Neben den verschiedenen Biersorten gab es die üblichen Erfrischungsgetränke, offenen Weiß-, Rosé- und Rotwein, dazu Retsina (geharzten Weißwein) und natürlich Mineralwasser ohne Kohlensäure, das bevorzugte nichtalkoholische Getränk der griechischen Bevölkerung. Dabei verzichteten wir vollständig auf Plastikflaschen, da diese in Griechenland nicht mit Pfand angeboten werden. Wenn man bedenkt, dass jeder Grieche am Tag mindestens eine Flasche Wasser trinkt, sind das bei fast elf Millionen

Einwohnern elf Millionen Plastikflaschen pro Tag, welche auf dem Müll landen! Macht über dreihundert Millionen Flaschen im Monat und fast vier Milliarden im Jahr! Diese würden aneinander gelegt reichen, um fast zwanzigmal die Erde am Äquator zu umrunden! Gegen eine solche Verschmutzung der Umwelt musste man unserer Ansicht nach auf jeden Fall Flagge zeigen! Was nutzte es bei diesen Mengen von Plastikflaschen, dass die Plastiktüten in den Supermärkten inzwischen einige Cent kosteten! Dadurch würde sich niemand vom Kauf der Tüten abhalten lassen, welche dann irgendwann im Meer landen, von da irgendwann in den Fischen und irgendwann …

Das Essen sollte am Tisch serviert werden und wie auch die Getränke für die geladenen Gäste natürlich frei sein und für die übrigen Gäste in Form eines Angebotes von „All-you-can-eat-and-drink" pro Person zwölf Euro kosten. Statt das Essen und die Getränke für alle kostenlos anzubieten, wollten wir auf diese Weise den finanziellen Aufwand für die Eröffnungsfeier in Grenzen halten. Ein Gewinn war nach meiner und auch nach Konstantinos´ Ansicht nicht zu erwarten. An diesem Abend sollten die Freude über die Eröffnung sowie der Aspekt der Werbung im Vordergrund stehen.

Finde ich gut, dass ihr zum einen an diesem Abend nicht unbedingt Gewinn machen, aber auch die Gäste nicht über den Tisch ziehen wollt. Das „All-you-can-drink"-Angebot beinhaltet natürlich bei den deut-

schen Gästen ein gewisses Risiko. Besonders wenn es deutsches Bier gibt! Bei den Griechen ist das nicht so, wenn man bedenkt, dass diese manchmal den ganzen Abend über einem Getränk am Tisch sitzen, wie man mir erzählt hat.

Konstantinos hatte zwei griechische Musiker engagiert, welche den Abend mit der Bouzouki begleiten und für Stimmung sorgen sollten. Seine Idee, ihnen als Überraschung die Noten zu „In München steht ein Hofbräuhaus" zu besorgen, konnte ich ihm nur dadurch ausreden, dass ich darauf bestand, dann auch „Viva Colonia!" zu hören. Also weder München noch Köln, sondern nur griechische Lieder! Und vielleicht am späten Abend zum Mitsingen für die deutschen Gäste „Griechischer Wein" von Udo Jürgens!

Eine andere Idee von Konstantinos fand ich dagegen super. Sämtliche Bedienungen sollten blaue Poloshirts mit den Kontaktdaten des Hotels in weißer Schrift tragen, und später am Abend sollten solche Poloshirts für den geringen Preis von fünf Euro den Gästen angeboten werden. So konnten wir dafür sorgen, dass die Werbung für das Hotel und das Restaurant intensiviert wurde. Die Herstellungskosten wurden durch diesen Preis zudem gedeckt.

Dann war der große Tag gekommen! Vor dem Hotel wehten die griechische und die deutsche Fahne sowie die Europafahne in dem leichten Abendwind. Das Wetter war zu unserer Erleichterung an diesem Spätsommerabend so, wie man es sich nicht besser wünschen konnte. Alle Tische waren mit blau-weißen

Tischdecken versehen und mit weißem Geschirr und blauen Servietten eingedeckt.

Schon früh waren die meisten deutschen Gäste erschienen, die griechischen naturgemäß etwas später. Bekanntermaßen bedeutete eine konkrete Zeitangabe lediglich eine grobe Empfehlung. Um 20 Uhr waren dann jedoch alle Tische besetzt, obwohl wir wegen des Andrangs noch mehre hinzugestellt hatten. Trotzdem mussten wir viele Personen, welche sich am Eingang eingefunden hatten, auf die nächsten Tage vertrösten. Gut, dass wir für diesen Abend zusätzliche Kräfte für die Küche und die Bedienung angestellt hatten.

Als alle Gäste mit Getränken versorgt waren, ergriff ich das Wort. Lange hatte ich überlegt, was ich zu diesem Anlass sagen sollte, mich dann entschieden, die Ansprache so kurz wie möglich zu halten. Kerstin hatte darauf bestanden, auf keinen Fall eine Rede zu halten.

>>Liebe Gäste, meine Ehefrau Kerstin und ich heißen Sie, heißen euch herzlich willkommen zur Eröffnung unseres Hotels Kukuweia. Auf den heutigen Tag haben wir uns seit Monaten gefreut, jetzt ist es endlich soweit, mit euch – bei dieser persönlichen Anrede möchte ich nun bleiben – mit euch gemeinsam feiern zu dürfen. Es würde den Rahmen sprengen, wenn ich jetzt alle mir bekannten Gästen begrüßen und vorstellen würde. Bei zwei Männern möchte ich jedoch eine Ausnahme machen, und zwar bei Dimitrios, dem vorherigen Besitzer dieses Gebäudes,

und bei Nikos, welcher mit seinem Arbeitsteam dieses wunderschöne Hotel geschaffen hat.<<

Bei diesen Worten hatten sich Dimitrios und Nikos erhoben und den Beifall der Gäste mit einer leichten Verbeugung entgegengenommen.

>>Vorstellen möchte ich euch auch noch drei weitere Personen, die nicht als Gäste hier sind, sondern als diejenigen, welche für euch den heutigen Abend und den Aufenthalt in unserem Hotel unvergesslich machen möchten. Da ist zunächst natürlich meine Ehefrau Kerstin, welche das Herz des Hotels ist, dann als Küchenchef unser Koch Fotis und schließlich Konstantinos, unseren Eventmanager.<<

Alle drei waren ebenfalls unter dem Beifall von allen Tischen aufgestanden und hatten sich verbeugt, Kerstin sichtlich verlegen und leicht abwinkend.

>>Nun möchte ich euch noch über den Verlauf des heutigen Abends informieren. Im Anschluss an meine Worte werden die jungen Damen und Herren in den schicken Poloshirts euch am Tisch mit den von Fotis und seinem Küchenteam zubereiteten Speisen versorgen. Es gibt ein Menü von drei Gängen, wobei ihr bei der Hauptspeise die Wahl aus drei Angeboten habt, wozu die drei verschiedenfarbigen Karten auf euren Tischen dienen. Als ersten Gang wird es ein Carpaccio von einem in Zitronensoße eingelegten und mit Flusskrebsen und Dill verzierten Seeteufel geben. Als Hauptspeise bieten wir dann wie gesagt drei Alternativen. Solltet ihr das Stifado aus Rind, eine Art Gulasch mit süßen, in der Soße mitschmorten, ganz

erhaltenen Zwiebeln mit einer Beilage von Zucchini-puffern und Tirokafteri, einer scharfen Fetacreme, wählen, so legt bitte die rote Karte nach oben. Solltet ihr weiter Fisch essen wollen, und zwar einen gegrill-ten Wolfsbarsch mit Spinatreis und einer Zitronen-mayonnaise als Beilage, so legt bitte die blaue Karte nach oben. Als Alternative für Experimentierfreudige gibt es eine ganz besondere türkisch-griechische Spe-zialität, nämlich Kokoretsi, ein am Spieß gegrilltes Gericht aus Innereien vom Lamm, für welches ihr bitte die gelbe Karte wählt. Den Abschluss des Menüs bildet ein Dessert in Form von Kataifi, das sind mit Nüssen gefüllte und in Sirup eingelegte Blätterteigta-schen, begleitet von Vanille-Eis und gerösteten Man-deln.<<

Bei jeder Speise, welche ich aufzählte, gab es zustimmendes Gemurmel oder erfreute „Ahs!" und „Ohs!". Der Abend schien von Beginn an gut zu ver-laufen!

>>Soviel zu dem, was euch in den nächsten beiden Stunden erwartet. Getränke ordert ihr bitte weiter bei den jungen Damen und Herren, welche an euren Tisch kommen. Nach dem Abendessen wird unser Event-Manager Konstantinos das Wort ergrei-fen, und ich bin sicher, dass er für euch noch einige Überraschungen bereithält. Von meiner Seite noch einmal herzlichen Dank, dass ihr zu unserer Eröff-nungsfeier gekommen seid, und einen guten Appetit! Lasst euch die von Fotis zubereiteten Köstlichkeiten schmecken!<<

Dem Küchenpersonal und den Bedienungen gelang es in den nächsten beiden Stunden tatsächlich, jeweils pro Tisch alle Gerichte gleichzeitig zu servieren, so dass dort die Gespräche verstummten und man sich ganz auf die servierten Speisen konzentrierte. Aufatmen! Die Auswahl des Menüs schien den Geschmack der Gäste getroffen zu haben.

Zwischen den verschiedenen Gängen schien man sich angeregt zu unterhalten, wobei sich die Tische der griechischen Freunde eindeutig an der Lautstärke der Unterhaltungen erkennen ließen. Dies entsprach der weit verbreiteten Ansicht deutscher Urlauber, dass es in Griechenland nur zwei Arten des Redens gibt: laut und sehr laut! Auch die Essgewohnheiten vieler griechischer Männer entsprachen einem gängigen Vorurteil: Wozu braucht man ein Messer? Eine Gabel und eine Scheibe Brot, notfalls auch die Finger, um Gräten sicher zu entfernen, reichen doch aus! Dass auch dies Auswirkungen auf die Lautstärke während des Essens hat, lässt sich nicht leugnen. Aber es muss eben nicht alles so sein, wie wir es aus Deutschland kennen!

Das betrifft auch die Bereitschaft der Griechen, sich gegebenen Vorschriften zu beugen: >>Warum darf ich hier nicht rauchen? Das ist doch meine Entscheidung! Ich lasse mir meine Freiheit nicht so einfach nehmen!<< So kann man es oft auch in anderen Situationen hören, in denen es um durch Vorschriften eingeschränkte Freiheiten geht. Dennoch gelang es den Bedienungen mit ihren Bitten, auf nette Weise für die Einhaltung des Rauchverbots zu sorgen.

Nachdem alle Gäste gesättigt waren und auch die angebotenen Getränke ihren Beifall gefunden und für eine weiterhin gelöste Atmosphäre gesorgt hatten, kam die Stunde von Konstantinos. Er platzierte sich mit dem Mikrophon neben der Bar und sorgte noch einmal für die nötige Lockerheit bei den Gästen, indem er die Musiker aufforderte, den Lautstärkeregler ruhig etwas weiter aufzudrehen und einen Sirtaki anzustimmen. Als dann die ersten Gäste begannen, im Rhythmus der Musik zu klatschen, stoppte er mit einer Handbewegung die Musik, worauf von allen Seiten Enttäuschung zu vernehmen war.

>>Moment, gleich geht es weiter! Aber dann mit euch auf der Tanzfläche! Traut euch, nach vorne zu kommen und zur Melodie mitzutanzen. Die Schritte sind ganz einfach.<<

Und schon begann er selbst, die ersten Tanzschritte vorzumachen. Es dauerte nur Sekunden, da fanden sich genügend Personen ein, um gemeinsam mit ihm den Sirtaki zu tanzen. Dass es sich zunächst nahezu ausschließlich um Frauen handelte, kennt man aus deutschen Feiern zum Schützenfest oder zur Dorfkirmes. Schnell änderte sich jedoch das Bild, als einige griechische Männer sich dem Rundtanz anschlossen. Was sollten ihre deutschen Pendants auch anders machen, wenn sie ihre Damen nicht den griechischen Männern überlassen wollten. Wie üblich blieb es nicht bei dem Sirtaki, sondern es schlossen sich etliche andere Melodien an, zu welchen Konstantinos immer wieder neue, ihm nachzumachenden Tanzschritte zeigte. Natürlich schieden ab und zu

Personen aus der Reihe aus, da sie ermüdet waren, schnell fanden sich jedoch andere, welche ihren Platz einnahmen. Erst nach fast einer halben Stunde verstummte die Musik auf ein Zeichen von Konstantinos, und man kehrte zurück an die Tische.

>>Na, war das was? Hat es euch Spaß gemacht? Ich gebe mir selber die Antwort: Natürlich hat es Spaß gemacht, wann geht es weiter?<<, ergriff Konstantinos wieder das Wort. >>Die Nacht ist noch lang, Freunde, und wir werden noch viel tanzen, bevor die Sonne aufgeht. Zuvor möchte ich aber noch einige Informationen über die anderen Events geben, welche Kerstin, Klaus und ich für euch hier im Hotel vorbereitet haben. Und das nicht nur heute zur Eröffnung, sondern jede Woche!<<

Ich war gespannt, ob es Konstantinos gelingen würde, unsere Gäste von seinem Event-Angebot zu überzeugen. Schon fuhr er fort:

>>Jeden Sonntag bieten wir nach einer allgemeinen Information der angereisten Gäste einen Crash-Kurs in griechischer Sprache an, damit sie das Gelernte in den nächsten Tagen anwenden und die Freude der Griechen über ihre Kenntnisse der griechischen Sprache sehen können. Dienstags gibt es für Interessierte Führungen durch Thessaloniki mit unserer Maria, welche ihre Heimatstadt wie ihre Westentasche kennt. Sofern sie eine Westentasche hat! Mittwochs starten Fahrten zu interessanten Sehenswürdigkeiten in der Umgebung, und zwar in kleinen Gruppen mit mir oder mit Klaus. Jeden Donnerstag gibt es mit Fotis eine Einführung in die griechische Küche, wobei ihr

nach der Küchenarbeit die selbstgekochten Speisen kosten könnt. Freitags habt ihr dann die Möglichkeit, bei einem Tavli-Turnier, ähnlich gespielt wie Backgammon, die besten Preise abzuräumen. Und samstags wird getanzt bis in die Nacht! Dazu noch jeden Tag das Meer und die griechische Sonne, was wollt ihr mehr!«

Der Beifall und die zustimmend nickenden Gäste bewiesen, dass Konstantinos sie vollkommen von unserem Angebot überzeugt hatte. Zufrieden lächelte er, gab den Musikern ein Zeichen und motivierte seine Zuhörer noch einmal, aktiv zu werden: »Und jetzt wird wieder getanzt! Kommt nach vorne!«

Mir scheint, dass ihr mit Konstantinos einen Glücksgriff gemacht habt. Glückwunsch! Euer Programmangebot kann sicherlich auch in der Vor- und Nachsaison Gäste in euer Hotel locken, vielleicht sogar im Winter. Ich drücke euch die Daumen, dass alles so gut läuft, wie es am Eröffnungsabend ist.

Und die Gäste kamen auf der Tanzfläche zusammen und ließen sich von der Musik und dem rhythmischen Tanzen mitreißen. Selbst nach dem von Konstantinos angepriesenen Mitternachtsimbiss, den Brötchen mit Leberkäs, verließ kaum jemand die Feier. Erst als es langsam zu tagen begann und die letzten der immer bei einer griechischen Bouzoukia üblichen Papierblumen geworfen waren, suchten die letzten Gäste ihre Zimmer auf oder schlenderten über den Boulevard zurück zu ihren Wohnungen.

Es war ein wundervoller Abend! Selbst Kerstin war begeistert, und als sie mich in den Arm nahm und dann kurz bevor wir einschliefen den einen Satz sagte, auf welchen ich nicht zu hoffen gewagt hatte: >>Klaus, es war eine super Idee von dir, das Hotel, unser Hotel zu eröffnen!<<, konnte ich vor Rührung fast nichts mehr sagen, nur noch ein >>Gute Nacht, Kerstin! Schlaf gut! So schön wie heute soll es bleiben!<<

19

Und so schön blieb es auch in den nächsten Wochen und Monaten! Die Werbung für unser Hotel über Facebook, Instagram und Twitter hatte ebenso gut eingeschlagen wie diejenige in einigen Sonntagsblättchen. Es gab während der gesamten Nachsaison und selbst im Winter kaum einmal ein Zimmer, welches nicht für ein oder zwei Wochen ausgebucht war. Mal war es nur die Zimmerbuchung, mal sollte ich auch den Flug mitorganisieren, oft auch den Kontakt zum Autovermieter aufnehmen.

Dabei spielte natürlich eine Rolle, dass der Standort des Hotels unabhängig vom Wetter ein idealer Ausgangspunkt für kulturelle und geografische Erkundungen der Umgebung war.

Marias Stadtführungen in Thessaloniki waren stets von sechs bis zehn Personen gebucht, welche mit dem Schiffchen von uns aus anreisten, dann sowohl das Museum im Weißen Turm wie das Byzantinische Museum und die Kirche des Heiligen Dimitrios, des Stadtheiligen von Thessaloniki, und die Ano Poli, die Altstadt, mit einem herrlichen Blick über die Stadt und die Bucht besuchten. Die meisten konnten einfach nicht genug Fotomaterial sammeln. Nach einem Kaffee auf der Dachterrasse des Electric Palast Hotels als Abschluss ging es dann über das Meer wieder zurück zum Hotel.

Auch die von Konstantinos und mir durchgeführten Reisen zu interessanten Zielen in der Umgebung fanden jede Woche genügend Interessenten, welche jeweils von einem von uns in einem älteren, kleinen Bus chauffiert wurden. Diesen hatten wir uns kurzfristig angeschafft, um selbst die Touren in die Umgebung organisieren zu können. Die Anschaffungskosten und laufenden Kosten sollten sich durch die von den jeweils vier bis acht Personen bezahlten Gelder für die die angebotenen Touren tragen. Zusätzlich boten wir auch noch gegen Aufpreis geleitete Ausflüge für zwei bis drei Personen mit mir oder Konstantinos im PKW an. Als besondere Renner stellten sich dabei drei Touren heraus, welche wir bereits in den sozialen Medien und durch Aushang und Flyer im Foyer des Hotels angekündigt hatten.

Da war zunächst einmal die Fahrt nach Chalkidiki mit dem Besuch des historischen Kanals von Potidea, welcher an der schmalsten Stelle der Halbinsel Kassandra bereits vor mehr als zweitausend Jahren den Schiffweg von Ost nach West und umgekehrt erheblich verkürzte. Von dort führte der Weg des Ausflugs weiter vorbei an Nea Fokea mit seiner imposanten Burg hoch über den Klippen bis nach Afitos, dem Juwel der Halbinsel Kassandra, mit seinen pittoresken Häusern und seinem unvergleichlichen Ausblick übers Meer zum zweiten Finger, der Halbinsel Sithonia, und bei klarem Wetter sogar bis zum Berg Athos, welcher auf dem dritten Finger gelegen ist. Die Griechen bezeichnen die Halbinseln übrigens nicht als „Finger", sondern „Füße". Zurück ging es rund um die gesamte Halbinsel, wobei als weiteres Highlight noch ein Besuch der antiken Stadt Olynth folgte, welche trotz der Zerstörung durch den makedonischen König Philipp II. im Jahre 348 v. Chr. seit fast dreitausend Jahren durchgehend bewohnt war. Nach der Besichtigung der dortigen Ausgrabungsstätte mit ihren gut erhaltenen Straßenzügen und Grundrissen der antiken Häuser wurden die Gäste dann wieder in unser Hotel gefahren, wo sie von ihren Eindrücken berichten konnten. Wie sehr ihnen dieser Ausflug gefallen hatte, konnten wir daran erkennen, dass neu angekommene Gäste stets fragten, ob diese Tour während ihrer Urlaubszeit auf dem Programm stünde.

Zwei weitere Ausflüge fanden ebenfalls das besondere Interesse unserer Gäste.

Da war zunächst einmal die Fahrt in die makedonische Vergangenheit. Über die Ringstraße um Thessaloniki ging es zunächst nach Pella, der Hauptstadt des antiken Makedoniens und zugleich der Geburtsstätte Alexander des Großen. Von dort aus führte die Tour zu einer imposanten Ausgrabungsstätte bei Vergina, wo sich eine Hügelmetropole befindet und man in einem beeindruckend gestalteten Museum mehrere Grabmäler, darunter das des makedonischen Königs Philipp II, des Vaters Alexander des Großen, und die goldenen Grabbeilagen bewundern kann. Den Abschluss des Ausflugs bildete der Besuch der antiken Stadt Dion am Fuße des Olymps, welche der Verehrung des Göttervaters Zeus gewidmet war. Der Faszination des dort in herrlicher Landschaft gelegenen archäologischen Parks konnte sich kaum jemand entziehen. So waren die meisten Gäste froh, vor der Rückfahrt nach Thessaloniki noch eine besinnliche halbe Stunde in einem Café in Lithochoro am Fuße des Olymps zu verbringen.

Der dritte von vielen Gästen gewählte Ausflug führte zu der Hafen- und Handelsstadt Kavala in Ostmakedonien am Thrakischen Meer, von wo aus man einen herrlichen Blick auf die Insel Thasos hat. Beeindruckend ist neben der Zitadelle aus byzantinischer Zeit besonders das römische Aquädukt quer durch die Stadt. In nur 15 Kilometer Entfernung von Kavala konnten die Gäste die Ausgrabungen von Philippi besuchen, welche als UNESCO-Welterbe erklärt worden sind. Manchen Besuchern war die Stadt aus ihrer historischen Bedeutung als Ort der Schlacht zwischen den Mördern Cäsars, Brutus und Cassius, auf der einen und den siegreichen Mark Antonius und Oktavian auf der anderen Seite im Jahre 42 v.Chr. bekannt: „Bei Philippi sehen wir uns wieder!". Viele Gäste wollten zudem beim Besuch der Ausgrabungen das Gefängnis des Apostels Paulus besichtigen, der Philippi 49/50 n. Chr. als erste christliche europäische Siedlung gegründet hatte und später aus Rom seine „Briefe an die Philipper" schrieb. Ein besonderer Höhepunkt konnte leider nur an wenigen Tagen gebucht werden, und zwar ein Besuch einer antiken Tragödie oder Komödie im antiken Theater von Philippi am Fuße der Akropolis. Dass die deutschen Besucher den griechischen Text nicht verstehen konnten, minderte den Eindruck bei den meisten in keiner Weise. Allein die Atmosphäre des Theaters mit seinen von der Sonne aufgewärmten steinernen Sitzplätzen und die darstellerische Leistung sorgten für unvergessliche Momente.

Wenn ich das so höre, Klaus, möchte ich auch einmal bei den Touren mit dabei sein! Ich würde glatt alle drei Ausflüge buchen, so sehr hast du mich dafür begeistert.

Dass diese drei der angebotenen Ausflüge bei den Hotelgästen für eine derartige Resonanz sorgten, war zum großen Teil Konstantinos zu verdanken, welcher den Ablauf der Touren bis ins Kleinste vorbereitet hatte. So musste ich ihm auch in jeder Hinsicht zustimmen, als er mich an einem etwas ruhigeren Abend, an welchem Kerstin und ich mit ihm und Dimitrios beisammensaßen, an seine Worte vor der Eröffnung des Hotels erinnerte: >>Glaubst du mir nun, Klaus, was ich dir vor Monaten gesagt habe? Ich zitiere: „Ich werde zunächst einmal eine fantastische Eröffnungsfeier planen! Mit allem Pipapo, wenn du weißt, was ich meine! So eine Eröffnungsfeier hast du, hat der ganze Ort noch nicht gesehen! Danach übernehme ich für den Alltag Knaller-Aktionen, zum Beispiel Gewinnspielabende, kulinarische Themenabende, Ausflüge nach Thessaloniki und zu den interessantesten Zielen in der Umgebung, Segeltörns, Tanzabende, und das ist nur der Anfang. In keinem Hotel hier in Peraia kann man mehr erleben! Du wirst sehen, ohne mich läuft bald nichts mehr!"<<
>>Ja, Konstantinos, du hast recht, ohne dich läuft kaum noch etwas! Schön, dass du bei uns bist!<<

Es war tatsächlich so gekommen! Die Eröffnungsfeier war phänomenal gewesen, die von Konstantinos geplanten Ausflüge wirkliche „Knaller" und auch die anderen Events begeisterten die Gäste. Ohne ihn lief zwar noch vieles, aber er war aus unserem Team nicht mehr wegzudenken.

Seine Einführungskurse in die griechischen Tänze fanden jedes Mal genügend Interessenten. Meine Versuche als Mittänzer musste ich allerdings schnell aufgeben, da es mir nicht gelang, die richtigen Schritte im richtigen Rhythmus mitzutanzen, so dass manchmal die ganze Runde aus dem Takt kam.

Besonders freute Dimitrios sich auf diese Abende. Gerne schaute er bei den Rundtänzen zu und erinnerte sich an längst vergangene Zeiten, als er noch als Erster in der Reihe die Schritte vorgegeben hatte.

>>Ich bin so froh, Klaus, dass du aus meinem Elternhaus ein Hotel gemacht hast und ich hier wohnen darf. Das ist wie ein Jungbrunnen für mich. Jede Woche lerne ich andere Menschen kennen, und das Schöne ist, dass diese sich für mich interessieren und hören wollen, was ich ihnen von früher erzähle<<, ließ sich Dimitrios vernehmen.

Und es war tatsächlich nicht so, dass er nur als stiller Beobachter dabeisaß. Im Gegenteil! Häufig ergriff er die Initiative, gesellte sich zu Gästen, fragte sie, wie es ihnen gefalle, und erzählte aus seinem Leben. Außerdem hatte er eine neue Einnahmequelle erschlossen: Gegen eine kleine Spende ließ er sich in griechischer Tracht mit den Gästen fotografieren.

Ganz schön clever! Besonderen Spaß hatte er an den Einführungskursen in die griechische Sprache, bei welchen er die Aufgabe übernahm, den Gästen die richtige Aussprache der Begriffe beizubringen. So lernten diese die wichtigsten Ausdrücke, um in den nächsten Tagen zu zeigen, dass sie nicht nur Interesse am Meer, am Strand, an der Landschaft und dem griechischen Klima hatten, sondern sich auch für die Sprache interessierten.

Nach zwei intensiven Stunden des Lernens konnten die meisten bereits die wichtigsten Wörter und kurze Sätze anwenden:

Γειά σου	=	Hallo!
Τι κάνεις	=	Wie geht es?
Καλά	=	Gut!
Αντίο	=	Auf Wiedersehen!
Καλημέρα	=	Guten Morgen!
Καλησπέρα	=	Guten Abend!
Καληνύχτα	=	Gute Nacht!
Χαίρετε	=	Freut mich!
Ευχαριστώ	=	Danke!
Παρακαλώ	=	Bitte!
Καλή όρεξη	=	Guten Appetit!
Γειά μας	=	Prost!
Εντάξει	=	Okay, in Ordnung!

Und natürlich lernten sie das Lob, welches alle Griechinnen und Griechen gerne hören wollen: „Ελλάδα είναι πολύ ωραία!" = „Griechenland ist sehr schön!"

Natürlich kannten die Gäste bald noch viele weitere Begriffe, und zudem erhielten sie von Konstantinos ein kleines Büchlein mit allen wichtigen Sätzen für den griechischen Alltag und den Tipp, welches Übersetzungsprogramm sie am besten downloaden sollten. Er hatte eben an alles gedacht.

Das galt auch für die Planung der Turniere im Tavli-Spielen, der griechischen Variante von Backgammon. Es standen genügend Spielbretter zur Verfügung, und das Turnier wurde je nach Anzahl der Mitspielenden entweder in der Variante „Jeder gegen jeden!" oder „Achtelfinale, Viertelfinale, Halbfinale, Finale" ausgetragen. Dabei gab es für die Besten Gutscheine für Mahlzeiten oder Getränke im Restaurant zu gewinnen, aber auch kleinere Trostpreise für die Verlierer. Selbst bei strahlendem Sonnenschein ließen viele es sich nicht nehmen, am Turnier teilzunehmen, beschützt durch große Sonnenschirme und erfrischt durch kühle Getränke. Konstantinos hatte eben auch hier an alles gedacht.

Alles lief bestens, sogar meine internationalen Speisekreationen erfreuten sich großer Beliebtheit, besonders die deutsch-griechische Spezialität „Gebratene Blutwurst auf Zucchini-Röstis" sowie als Antipasti das italienisch-griechische Fischgericht „Vitello Xifias" − „Kalbsfleischscheiben auf Schwertfischcreme". Dabei war es gar nicht so einfach, in Griechenland Blutwurst einzukaufen. Aber zum Glück gab es ja Lidl!

Am meisten freute mich natürlich, wie sehr Kerstin es genoss, alle wichtigen Dinge in unserem Hotel zu planen, die Arbeitskräfte einzuteilen und Stunde um Stunde hier zu verbringen. Nichts mehr von der anfänglichen Skepsis und Zurückhaltung! Aus meiner „verrückten Idee" war unser gemeinsames Projekt geworden, und oft gestand Kerstin mir, dass sie nie gedacht hätte, dass ihr dieser neue Lebensabschnitt so viel Freude machen würde.

>>Ich bin einfach froh, dass du diese Idee hattest, Klaus. Dass du dich nicht von meinen Zweifeln hast abhalten lassen und alles durchgezogen hast. Lass uns unser neues Leben, den neuen Lebensabschnitt, unsere gemeinsame Zeit als Hoteliers genießen!<<

Du hast alles richtig gemacht, Klaus! Und so habt ihr beide hoffentlich noch viele gemeinsame Jahre, um euer Hotel zu führen und dabei einen neuen Lebensinhalt zu haben. Am wichtigsten ist doch, dass ihr euch einig seid und die Zeit zusammen genießt.

Alles war gut und wäre sicherlich auch so geblieben, wenn nicht …

20

Im sicheren Gefühl, alles richtig gemacht zu haben, stolzierte ich bei strahlendem Sonnenschein den Boulevard entlang. Ich hatte es mir verdient, einen Tag der Erholung einzuschieben, mich in einem der Strandcafés bedienen zu lassen und meiner Lektüre zu widmen. Warum auch nicht? Unser Hotel war ausgebucht, die Gäste waren zufrieden und alle Arbeiten von mir delegiert. Entsprechend gut gestimmt blickte ich positiv in die Zukunft. Da fiel mir wieder einmal ein, dass ich noch immer die Schatulle mit den Ringen, den Hand- und Halskettchen sowie einigen anderen Schmuckstücken, welche die Installateure beim Umbau des Hotels in einer Nische gefunden hatten, nicht veräußert hatte. Es mussten sich doch sicherlich ein paarhundert Euro damit erzielen lassen. Hierauf war ich gekommen, als ich sah, dass eine junge Frau auf einer dunkelblauen Decke, welche auf einem Tisch drapiert war, ihrerseits Schmuckstücke zum Kauf anbot. Interessiert trat ich näher und entdeckte einige Gegenstände deren griechischer Begriff mir nicht bekannt war.

Daher fragte ich die junge Frau, welche durch ihre eigene Erscheinung meines Erachtens sämtliche Schmuckstücke in den Schatten stellte, nach dem griechischen Begriff für eines der besonders auffälligen, antik wirkenden Diademe. Dabei bediente ich mich der griechischen Sprache, welche mir ja inzwischen deutlich besser von den Lippen ging. So fragte ich, sie freundlich anlächelnd:

>>Πος σε λένε?<<

Ihre Antwort, begleitet von einem Niederschlagen der Augenlider und einem verschämten Lächeln, traf mich bis ins Mark hinein:

>>Αφροδίτη.<<

Aphroditi? Ich war völlig verwirrt! Das konnte nicht der Begriff für das Schmuckstück sein! Was war geschehen? Da wurde mir schlagartig klar, dass meine Kenntnisse in der griechischen Sprache doch noch nicht perfekt waren. Schon oft hatte ich durch die falsche Betonung eines Begriffes etwas anderes gesagt als gewollt. Doch diesmal hatte ich sogar ein falsches Wort benutzt. Statt >>Wie heißt dieses?<< hatte ich >>Wie heißt du?<< gefragt und dadurch für ein Erröten meines Gegenübers gesorgt. Schon wollte ich mich entschuldigen, als Aphroditi nun ihrerseits die Initiative ergriff und mich nach meinem Namen fragte.

>>Klaus … Klaus ist mein Name", stammelte ich angesichts der mich nun zärtlich anschauenden Augen.

Da hast du wohl eine Eroberung gemacht, Klaus! Alternder Playboy, oder wie soll ich dich sonst bezeichnen? Wie war das noch mit deiner Speise in der „Kitchen Bar", Risotto Casanova? Gut gewählt, sehr gut!

Nachdem ich dann die Schmuckstücke auf der Decke genauer betrachtet und mich gehütet hatte, die Konversation weiter auf Griechisch zu führen, verabschiedete ich mich, um meinen Weg zum Strandcafé einzuschlagen.

>>Τα λέμε! Bis bald!<<, rief mir Aphroditi hinterher und verzierte ihre Worte mit einem strahlendem Lächeln und einem neckischen Winken mit der rechten Hand.

Ich war geschafft und musste das Erlebte erst einmal bei einem griechischen Kaffee und einem Blick auf die Bucht zu verarbeiten versuchen, was mir jedoch nur in Ansätzen gelang. Irgendwie hatte sich Aphroditi mit ihrer Ausstrahlung in meinen Gedanken festgezurrt.

Mit „Ausstrahlung" meinst du aber nicht nur ihr Lächeln, sondern sicherlich auch ihre Jugend, ihre Figur und wer weiß, was sonst noch! Richtig? Wenn das nur gutgeht!

In den nächsten Tagen war im Hotel weiterhin Hochbetrieb, und es gab keine Zeit zum Bummeln. So kam es, dass ich Aphroditi erst mehr als eine Woche später erneut sah. Ich ging an diesem Abend mit Kerstin auf eine Taverne zu, wo wir uns einen gemütlichen Abend machen und mal wieder auswärts essen wollten, als wir an Aphroditis Stand mit dem Schmuck vorüber kamen, sie mir zuwinkte und rief: >>Γεια σου, τι κάνεις, Κλαος! - Hallo, Klaus! Wie geht es dir?‹‹, natürlich wieder in Kombination mit einem strahlenden Lächeln.

Ich winkte verschämt zurück, wagte jedoch nicht, ihren Namen auszusprechen, da ich schon bemerkt hatte, dass Kerstin mich von der Seite her mit einem fragenden Blick bedacht hatte. Es dauerte jedoch nur kurz, bis sie ihren Blick auch in eine konkrete Frage übersetzte:

››Was war das denn? Oder besser: Wer war denn das? Woher kennt die dich und deinen Namen?‹‹

››Ach, das, das ist Aphroditi. Ich habe mir neulich ihre Schmuckstücke angesehen …‹‹ Weiter kam ich nicht!

››So, ihre Schmuckstücke hast du dir angesehen? Ich hoffe, du meinst ihre billigen Ringe und Ketten, die sie auf dem Tisch liegen hat, und nicht andere Schmuckstücke!‹‹

Irgendwie schien Aphroditi Kerstin nicht sympathisch zu sein.

Was oh Wunder, Klaus!

Und schon legte Kerstin nach: ››Und dazu musstet ihr natürlich erst einmal eure Vornamen austauschen! Natürlich! Verstehe! Habt ihr vielleicht auch in einem Zug Brüderschaft getrunken?‹‹

››Nein, das war ganz anders‹‹, versuchte ich zu erklären, kam aber nicht sehr weit.

››Es ist gut, Klaus! Ich habe verstanden! Und ich möchte mir jetzt nicht mit deinen Geschichten von deiner „Aphroditi" den Abend verderben. Hast du verstanden?«

»Ja, aber es ist nicht „meine Aphroditi", sondern ich habe nur ...«

»Ich sagte, es ist gut!«, beendete Kerstin das Gespräch.

Der gemütliche Abend in der Taverne verlief dann nicht ganz so gemütlich wie geplant. Irgendwie kam kein richtiges Gespräch zustande. Dabei war ich doch wirklich schuldlos. Na ja, vielleicht nicht so ganz. Völlig kalt hatte mich Aphroditis Erscheinung schließlich ja nicht gelassen. Aber ich bin halt auch nur ein Mann, wenn auch ein bereits etwas älterer!

Jedenfalls machte ich mir keine weiteren Gedanken mehr über die Begegnung am Boulevard.

Wirklich nicht, Klaus? Oder redest du dir das nur ein? Ich bin mir nicht so sicher, dass diese Begegnung keine Folgen haben wird.

21

Die folgenden Wochen waren geprägt von viel Arbeit in unserem vollständig ausgebuchten Hotel. Nur an wenigen Tagen kamen Kerstin und ich dazu, am Boulevard entlang zu spazieren. So sahen wir nur selten Aphroditi, welche wie immer ihren Schmuck anbot. Wenn wir dort allerdings vorbeikamen, verzichtete sie nie darauf, mir mit einem Lächeln zuzuwinken, was Kerstin mit versteinerter Miene, aber ohne jeglichen Kommentar registrierte. Ich ging davon aus, dass es wohl besser sei, das Thema nicht weiter anzusprechen. Schließlich hatte Kerstin wirklich keinen Grund, mir in irgendeiner Hinsicht böse zu sein.

Bald hatte ich daher die peinliche Situation, als Aphroditi mich in Kerstins Beisein auf dem Boulevard mit Vornamen angesprochen hatte, vergessen und machte mir keine weiteren Gedanken mehr darüber.

So kam es, dass ich mich manchmal auf meinen Spaziergängen, wenn ich ohne Kerstin unterwegs war, einige Minuten mit Aphroditi unterhielt, welche immer an der gleichen Stelle auf dem Boulevard ihren Schmuck ausgelegt hatte.

Irgendwann fielen mir dann wieder die beim Umbau gefundenen Schmuckstücke ein, und mich interessierte immer noch, welchen Wert sie wohl hatten. Und um dies zu erfahren, gab es ja wohl keine bessere Quelle als Aphroditi, welche mir eine Expertin in dieser Hinsicht zu sein schien.

Nur in dieser Hinsicht, Klaus? Dass du dich bloß nicht täuschst!

Direkt am nächsten Tag setzte ich daher mein Vorhaben in die Tat um, packte die Schmuckstücke in eine Tasche und begab mich damit zu Aphroditi auf den Boulevard.

>>Hallo, Aphroditi, vielleicht kannst du mir einen Gefallen tun<<, begann ich, als ich ihren Stand erreicht hatte.

>>Natürlich! Jeden, Klaus!<<, unterbrach sie mich mit einem Lächeln.

>>Ich habe bei der Renovierung unseres Hotels eine Schatulle mit Schmuckstücken gefunden und weiß nicht, ob sie überhaupt echt sind und, wenn ja, wieviel sie wert sind. Du kannst mir sicherlich etwas dazu sagen<<, erklärte ich und wollte die Tasche öffnen.

>>Gerne, Klaus, aber doch nicht hier am Boulevard, wo jeder uns beobachten kann und vielleicht meint, wir würden illegale Geschäfte machen. Außerdem haben wir auch nicht genügend Platz, um alles auszubreiten und genau zu untersuchen. Ich schlage vor, dass du zu mir nach Hause kommst und wir uns dort den Schmuck ansehen. Bestimmt kann ich dir etwas zu seinem Wert sagen. Weißt du, wo ich wohne?<<, entgegnete Aphroditi.

>>Nein, aber du kannst mir ja deine Adresse geben, dann finde ich dich schon<<, antwortete ich, ohne mir weiter Gedanken darüber zu machen.

Aphroditi schrieb mir ihre Adresse auf und schlug vor, dass ich gleich an diesem Abend zu ihr kommen solle. Sie könne gerne etwas früher ihren Stand schließen.

Und du hast dir wirklich nichts dabei gedacht, Klaus? Kaum zu glauben! Wie kann man nur so naiv sein!

Gegen sieben Uhr sagte ich Kerstin, dass ich noch etwas zu erledigen hätte, und machte mich mit dem Schmuck in einer Tasche auf den Weg zu Aphroditi. Da sie nur wenige hundert Meter von unserer Wohnung entfernt wohnte, fand ich ihr Appartement auf Anhieb, und auf mein Klingeln wurde die Tür sofort geöffnet.

Ich stieg die Treppe zum ersten Stock hoch und brauchte nicht lange zu suchen, da Aphroditi mich bereits an der Tür erwartete und hereinbat. Sie trug einen roten Jumpsuit und dazu Espadrilles. Ihr Haar hatte sie zu einem Pferdeschwanz gebunden, das Gesicht dezent geschminkt.

Wie mir scheint, hast du dir die Dame ja sehr genau angeschaut. Das lässt deine Beschreibung jedenfalls vermuten.

Aphroditi führte mich in ihr Wohnzimmer und bat mich, doch auf dem Sofa Platz zu nehmen.

>>Lass uns ein Gläschen Champagner trinken, bevor wir zum Geschäftlichen kommen<<, schlug sie vor und bat mich, uns einzuschenken, sie wolle sich nur kurz etwas frisch machen. Worauf sie im Badezimmer verschwand.

>>Wieso „frisch machen"? Sie sieht doch fantastisch aus und so, als ob sie gerade aus dem Bad gekommen wäre<<, fragte ich mich und erhielt wenige Minuten später die Antwort!

Aphroditi erschien in einem kaum über die Oberschenkel reichenden, roten, seidenen Kimono, welcher mit Kranichen verziert war und tiefreichende Einblicke verhieß. Als sie sich dann zu mir hinbewegte und dabei ihr Kimono auseinanderklaffte, blieb es nicht bei der Verheißung, sondern ergaben sich tatsächlich Einblicke, welche sich besser nicht ergeben hätten!

>>Komm, Klaus, wir machen es uns ein wenig gemütlich. Auf einen schönen Abend! Γειά μας!<< Aphroditi schaute mir in die Augen und stieß mit mir an. >>Den Schmuck können wir uns auch später noch ansehen. Der ist nicht so wichtig. Wichtig ist allein, dass du hier bist.<<

Mir brach der Schweiß aus, und als Aphroditi sich am Gürtel meiner Hose zu schaffen machte, wurde mir noch heißer! Gerade, als das geschah, was in italienischen Novellen gerne als die „Auferstehung des Fleisches" umschrieben wird … da klingelte mein Handy, welches inzwischen neben mir auf dem Sofa gelandet war … und Kerstin blickte mich an! Nein, natürlich nicht leibhaftig, sondern als Startbild auf meinem Handy!

>>Ich ... ich muss weg! Sorry! Ich muss weg!<<, konnte ich nur noch stottern, ergriff mein Handy, sprang auf und rannte wie von der Tarantel gestochen auf die Tür zu. Ich musste verrückt gewesen sein! Bloß raus aus dieser Wohnung! Weg von dieser Frau! Auch die Schwerkraft hatte unterhalb meiner Gürtellinie auf einen Schlag wieder vollste Wirkung gezeigt!

>>Aber Klaus, was ist denn los? Wir hatten es uns doch gerade so bequem gemacht. Weshalb springst du denn auf?<< Aphroditi schien nicht zu verstehen, was los war.

>>Ich muss weg! Sorry! Ich muss weg!<<, konnte ich nur noch wiederholen, riss die Tür auf, rannte die Treppe runter und fand mich beim unbeholfenen Versuch, mein Hemd wieder in die Hose zu stecken und den Gürtel zu schließen, auf der Straße wieder!

>>Hallo, Klaus! Was machst du denn hier?<<, erschallte direkt rechts neben mir eine mir wohlbekannte Stimme. Maria! Um Gottes Willen! Was machte die denn hier? Das fehlte mir gerade noch!

>>Ach, du bist es, Maria! Tut mir leid, ich habe im Moment wirklich keine Zeit, ich muss dringend weg!<<, keuchte ich und konnte nur noch Marias verdutztes Gesicht sehen.

Und das war noch nicht alles! Sekunden später erschien Aphroditi auf dem Balkon, immer noch in ihrem japanischen Kimono, und rief: >>Was ist los,

Klaus? Wo willst du denn hin? Du hast auch deine Tasche noch hier oben liegen. Komm zurück, wir wollten uns doch einen schönen Abend machen!<<

Dass Maria alles mitbekommen hatte und nur noch mit offenem Mund zwischen mir und Aphroditi hin und her guckte, wird niemanden verwundern.

Ich rannte los, ohne mich noch einmal zu einer der beiden Frauen umzudrehen. Wohin ich rannte, war mir völlig egal. Nur weg von hier!

Ja, jetzt haben wir den Salat! Ich habe es mir gedacht, als du so von Aphroditi schwärmtest. Klaus, Klaus, was machst du nur für Sachen! Wie willst du aus der Situation wieder rauskommen? Ich fürchte, das wird nicht so leicht sein.

Fast zwei Stunden später schlug ich den Weg zu unserer Wohnung ein, nachdem ich bis dahin völlig planlos durch die Gegend mehr gestolpert als gelaufen war. Als ich die Tür öffnete, war mir sofort klar, dass Maria Kerstin bereits über meinen Auftritt vor Aphroditis Wohnung informiert hatte.

>>Du brauchst nichts zu sagen! Maria hat mir alles erzählt. Dass du mir so etwas nach mehr als dreißig Ehejahren antun würdest, hätte ich nicht für möglich gehalten!<<, fuhr Kerstin mich mit Tränen in den Augen an.

>>Aber Kerstin, es ist nicht so, wie es aussieht<<, versuchte ich einzulenken, wurde aber sofort wieder von Kerstin unterbrochen.

»Es ist also nicht so, wie es aussah. Es war natürlich reiner Zufall, dass du mit halb heruntergelassener Hose aus dem Haus dieser, dieser … ach, ich weiß nicht was, herausgekommen bist und sie dir vom Balkon aus in Reizwäsche hinterher gerufen hat. Nein, du bist einfach nur spazieren gewesen. Rede doch keinen Unsinn, Klaus! Und damit du es weißt: Ich ziehe aus! Meine wichtigsten Sachen habe ich bereits zusammengeräumt, das Übrige komme ich morgen mit Maria holen. Sie war so nett und hat mir angeboten, dass ich bei ihr wohnen kann, bis ich einen Rückflug nach Deutschland bekomme!«

»Lass uns bitte vernünftig reden, Kerstin. Ich kann ja deinen Ärger verstehen, aber es ist wirklich nichts passiert«, versuchte ich noch einmal die Wogen zu glätten. Jedoch vergebens!

»Ihr habt euch natürlich nur rein zufällig getroffen. Und dass sie mit einem Hauch von Nichts bekleidet war, war auch nur Zufall. Genauso deine zufällig in diesem Moment rutschende Hose! Erzähl doch keinen Unsinn, Klaus! Für wie blöd hältst du mich?« Kerstin war weiter außer sich.

»Ich bin doch nicht so dumm, dass ich das, was wir uns hier aufgebaut haben, so einfach aufs Spiel setze. Bitte bleib! Bitte! Denk doch an die schönen Jahre, welche wir hier hatten!«, flehte ich Kerstin an.

»Ja, gerade an die denke ich! Und dass du diese so einfach wegen einer anderen Frau vergessen kannst, begreife ich nicht. Und dann deine verrückte Idee mit dem Hotel, welche ich gegen meine Überzeugung mitgetragen habe und für welche ich mein zufriedenes Rentnerdasein aufgegeben habe. Ich begreife es einfach nicht! Dass sich manche Männer in der sogenannten Midlife-Crisis derart verhalten, ist mir bekannt. Aber dass es bei dir sogar in der Endlife-Crisis noch so ist, das kann ich nicht verstehen«, eiferte sich Kerstin immer mehr.

>>Kerstin, ich bin nur wegen des gefundenen Schmucks bei Aphroditi gewesen und dann …<<

>>Erwähne diesen Namen nicht noch einmal, sonst … sonst werde ich entgegen meinem Naturell noch handgreiflich! Ich gehe! Und versuche nicht mich umzustimmen. Es ist aus! Τέλος! Schluss!<<

Kerstin ergriff ihre Tasche und verließ unsere Wohnung, ohne sich noch einmal umzudrehen und auf mein Rufen zu reagieren.

Ich ließ mich auf einen Sessel fallen, schlug meine Hände vor die Augen und konnte nicht begreifen, was geschehen war. Erst als es zu dunkeln begann, löste ich mich aus meiner Erstarrung, griff zum Telefon und wählte Marias Nummer. Bevor ich überhaupt irgendetwas sagen konnte, sprach bereits Maria: >>Sie will dich nicht sprechen, Klaus! Und dafür habe ich größtes Verständnis. Bitte rufe nicht mehr an!<<

Es ist aus! Τέλος! Schluss!

Du tust mir zwar leid, Klaus, aber ich kann auch Kerstin verstehen. Warum hast du dich so leichtgläubig in diese Sache reinziehen lassen? Du bist doch sonst nicht so naiv gewesen. Ach, Klaus, hoffentlich gibt es noch eine Chance für euch!

22

Wochen vergingen. Alle Versuche, Kerstin zu erreichen, schlugen fehl. Sei es am Telefon, sei es über WhattsApp, sei es durch Briefe, durch SMS. Sie reagierte auf nichts!

Meine Stimmung sank immer weiter. Was blieb mir denn ohne Kerstin? Nichts machte noch Spaß, selbst an unserem Hotel hatte ich keine Freude mehr. Und das blieb nicht ohne Folgen.

Zwar war es jetzt im Spätherbst ruhiger geworden, und nur wenige Zimmer waren belegt, besonders da Neubuchungen weitgehend ausblieben. Das war im vorherigen Jahr völlig anders gewesen, als die Gäste auch im Herbst ins Hotel gekommen waren und viele für die kommende Saison bereits gebucht hatten. Dass diese Zahl nun deutlich geringer war, lag nicht zuletzt daran, dass manche Bekannte von unserer Trennung erfahren hatten und nichts Besseres zu tun gehabt hatten, dies über die sozialen Medien allen kundzutun. Und natürlich war ich der Böse, welcher seine Ehefrau nach Jahrzehnten betrogen hatte, um nun mit einer weit Jüngeren zusammenzuleben. Was absoluter Unsinn war, denn ich hatte Aphroditi seit jenem Abend nur noch aus der Ferne gesehen, und auch sie hatte keine Anstalten gemacht, sich mir zu nähern. Wofür ich ihr nicht nur dankbar war, sondern nach diesem ominösen Abend auch vollstes Verständnis hatte. Meine Tasche mit

Schmuck war mir ohne Kommentar von einem Boten gebracht worden. Am liebsten hätte ich ihn in die Mülltonne geworfen, soviel Unglück er mir gebracht hatte.

Nicht der Schmuck hat dir Unglück gebracht, Klaus! Du hast dir selbst Unglück gebracht! Das solltest du inzwischen erkannt haben!

Dass nur noch wenige Zimmer belegt waren, hatte auch etwas Gutes. Da nämlich zwei der Zimmermädchen, eine Bedienung und eine Küchenhilfe gekündigt hatten, – warum wohl? – wäre es kaum möglich gewesen, alles wie gehabt zu organisieren. Überhaupt war dies auch so schon schwierig genug für mich, da Kerstin dies alles geplant und angeordnet hatte und ich bei den verbliebenen Kräften nicht die gleiche Stellung wie sie hatte. Wie auch, da ich mich um diesen Teil der Arbeit nie gekümmert hatte!

Dennoch bemühte ich mich, das Hotel und das Restaurant einigermaßen am Laufen zu halten, bis mich eines Tages der nächste Tiefschlag traf!

Fotis war mir in den letzten Tagen schon sehr bedrückt erschienen, und ich hatte vermutet, dass auch in seiner Ehe etwas nicht mehr stimmte. Doch das war es nicht, was für seine Stimmung verantwortlich war, wie ich jetzt erfahren musste.

»Klaus, ich wollte es dir schon seit Tagen sagen, aber ich habe mich nicht getraut. Doch es nützt nichts, es noch weiter zurückzuhalten. Ich muss es loswerden«, begann Fotis.

>>Wenn es darum geht, dass du mehr Geld als Koch bekommen möchtest, hast du natürlich einen ungünstigen Moment gewählt, aber wir können darüber reden, was du dir vorstellst<<, antwortete ich schweren Herzens.

>>Nein, nein, das ist es nicht. Ich will nicht mehr Geld! Im Gegenteil.<<

Jetzt verstand ich gar nichts mehr. Weniger Geld? Warum druckste er dann so rum und schlich betrübt durch die Gegend?

>>Du hast mir in Deutschland geholfen, Klaus, und mir hier die Stelle gegeben. Und dazu hast du mir deine Freundschaft gegeben! Und jetzt muss ich dich so enttäuschen! Aber es geht nicht anders.<< Er machte eine kleine Pause. >>Ich möchte meine eigene Taverne aufmachen. Ganz in der Nähe ist ein Lokal zu verpachten, und das ist für mich und meine Familie die Chance für die Zukunft. Der Besitzer hat mir verraten, dass er in ein paar Jahren das Haus und das Lokal verkaufen will und mir ein Vorkaufsrecht einräumen würde, wenn ich jetzt zusage. So, jetzt ist es raus und du kannst wütend auf mich sein!<<, sagte Fotis, wobei er auf den Boden blickte.

Das war ein schwerer Schlag für mich. Die nächste Person, welche mich verließ, ein Freund und ein toller Koch! Aber ich konnte ihm nicht böse sein, hätte ich mich an seiner Stelle doch sicherlich genauso entschieden. Für das Restaurant war dies zwar eine Katastrophe, denn wo sollte ich einen guten Koch herzaubern? Aber was konnte ich machen? Nichts anderes, als Fotis wenigstens zu sagen, dass ich seine Entscheidung verstand und sie keine Auswirkung auf unsere Freundschaft haben würde.

>>Fotis, du bleibst mein Freund! Dass du unser Hotel verlässt, ist nicht nur schade, sondern ein riesiger Verlust. Aber ich verstehe dich. Du musst dein Leben leben und für deine Familie sorgen. Ich wünsche dir alles Glück mit deiner Taverne! Und natürlich darfst du mich zu einem ganz besonderen von dir zubereitetem Mahl dort einladen.<<

>>Das mache ich gerne, und du wirst das Beste vorgesetzt bekommen, was ich kreieren kann! Danke, Klaus, für dein Verständnis und danke für deine Freundschaft!<< Erleichtert und gerührt umarmte Stelios mich, drehte sich schnell um und verschwand in der Küche.

Wenige Tage später verkleinerte sich mein Team noch einmal. Konstantinos gestand mir, dass er sich in Denitsa, eines unserer bulgarischen Zimmermädchen, verliebt habe und mir ihr nach Sadanski ziehen wolle, wo ihre Eltern eine kleine Boutique für Kleidung hätten.

>>Du weißt, Klaus, dass ich immer wieder neue Herausforderungen suche, und dort habe ich die Möglichkeit, etwas ganz Neues anzufangen. Die Stadt ist berühmt für ihre Mineralquellen, ist der wärmste Orte Bulgariens und hat die höchste Zahl an Sonnenstunden. Da der internationale Tourismus auf Sadanski aufmerksam geworden ist, kann man die kleine Boutique mit einer Finanzspritze zu etwas ganz Großem verwandeln. Und natürlich gehe ich wegen Denitsa dorthin. Sie ist glücklich, in ihre Heimat, zu

ihrer Familie zurückkehren zu können. Du wirst das sicherlich verstehen, Klaus. Und ganz ehrlich: Zurzeit brauchst du wirklich keinen Event-Manager. Sorry!<<

Konstantinos hatte ja recht, und halten konnte ich ihn sowieso nicht. Also hieß es gute Miene zum bösen Spiel zu machen. Und ein „böses Spiel" war es inzwischen tatsächlich geworden. Die Belegschaft verkleinerte sich von Tag zu Tag, die Gäste blieben aus, und die Küche konnte man höchstens noch mit derjenigen eines mittelmäßigen Fast-Food-Lokals vergleichen. Nur einer blieb und harrte mit mir aus: Dimitrios!

Häufig saßen wir inzwischen zusammen im leeren Restaurant und schwiegen uns die meiste Zeit über an. Ab und zu versuchte Dimitrios mich aufzumuntern, indem er mir bessere Zeiten ausmalte: >>So geht das im Leben, Klaus. Lass dir das von einem alten Mann gesagt sein. Mal bist du ganz unten und dann, völlig unerwartet, spült dich etwas hoch, das du nicht für möglich gehalten hättest. So, wie es mir ergangen ist, als du auf der Bildfläche erschienen bist und mir von deinem Plan erzählt hast. Du wirst sehen, eines Tages wirst du wieder oben sein!<<

Ich freute mich, von Dimitrios Trost und Zuspruch zu erfahren, konnte mir aber beim besten Willen nicht vorstellen, wie meine Situation sich wieder zum Guten wandeln würde. Mein Traum war geplatzt! Als Besitzer eines Hotels war ich gescheitert, und, noch viel schlimmer, als Ehemann auch. Das Hotel konnte ich vielleicht verkaufen, wenn es auch schwierig sein würde, es jemandem mit einem alten

Mann als fest Zugabe mit integrierter Vollverpflegung zum Kauf anzubieten. Meine Ehe jedoch konnte ich wohl nicht mehr retten.

Aus! Ende! Τέλος!

Epilog

Muss wohl geschlafen haben. Klatschnass geschwitzt! Ob von der Hitze hier oder von meinen Träumen? Ich glaube, jetzt brauche ich doch ´nen Ouzo, bevor ich mich an die Steuererklärung mache. Kommt eh nicht drauf an! Υγεία μας! – Prost!

Auf was soll ich denn trinken? Auf Griechenland? Auf die Liebe? Ich weiß es nicht!

Träum ich immer noch? Oder ist da wirklich jemand an der Tür? Kann nicht sein, hat doch keiner ´nen Schlüssel. Außer Kerstin, und die ist weg, weit weg! Ist in Deutschland. Hat mich verlassen.

Einbrecher? Aber die kommen doch nicht mit einem Hausschlüssel. Was ist das?

Kerstin? Kerstin? Nein, weg, weg! Erscheinung, weiche von mir! Keinen Ouzo mehr! Ich schwöre es! Ich fange ja schon an zu fantasieren.

Reiß dich zusammen, Klaus! Ganz ruhig bleiben! Augen schließen, dann ist der Spuk vielleicht weg!

>>Klaus, wie siehst du denn aus? Bist du völlig von Sinnen? Ich bin´s, Kerstin, kein Geist.<<

>>Weiche von mir, weiche von mir! Ich rühre auch keinen Tropfen mehr an! Keinen einzigen! Ich schwöre es!<<

>>Klaus, jetzt hör endlich auf mit dem Blödsinn! Ich bin gekommen, um mit dir zu reden.<<

>>Kerstin? Wirklich du, Kerstin? Du bist doch in Deutschland, du hast mich verlassen. Das kannst

nicht du sein. Wieso sollst du jetzt auf einmal hier in Griechenland sein? Ich muss noch immer träumen!<<

>>Ich habe dir doch gesagt, dass wir reden müssen. Man kann nicht einfach 30 Jahre gemeinsamen Lebens auslöschen. Auch wenn es manches vielleicht leichter machen würde. Aber es geht einfach nicht!<<

Ich träume nicht? Da steht wirklich Kerstin vor mir. Und was hat sie gesagt? Wir müssen reden? Reden? Ja, ja! Wir müssen reden! Vielleicht gibt es ja doch noch eine Möglichkeit, alles wieder ins Lot zu bringen. Vielleicht. Hoffentlich!

>>Kerstin, ich bin so froh, dass du hier bist. Weißt du, die Sache mit Aphroditi ...<<

>>Hör auf, Klaus! Aphroditi! Wenn ich den Namen schon höre! Aphroditi! Die in Wirklichkeit Ludmilla heißt und gar nicht aus Katerini, sondern Weißrussland stammt, wie Maria erfahren hat! Und was sie dort in Weißrussland gemacht hat, will ich gar nicht erst wissen! Kein Wunder, dass sie dir bei deinen rudimentären Sprachkenntnissen weismachen konnte, dass sie Griechin sei. Pah, Aphroditi! Bring mich nicht wieder zur Weißglut! Darüber können wir später reden oder besser gar nicht! Jetzt gibt es Wichtigeres zu besprechen.<<

>>Aber ich will doch nur ...<<

>>Hör auf, Klaus, sonst dreh ich mich um und bin weg! Dann aber für immer, darauf kannst du dich verlassen.<<

Nein, nein, nicht schon wieder! Ich weiß nicht, was ich denken soll, was ich machen soll. Ich weiß nur eins: Reiß dich zusammen, Klaus! Wenn Kerstin jetzt geht, ist alles aus. Wie sie mich anguckt! Die Stirnfalte über der Nase! O weh, das bedeutet Ärger! Ich muss was tun!

>>Nein, Kerstin, bitte geh nicht! Lass uns erstmal hinsetzen und was trinken. Ich mache uns einen Kaffee, ja?<<

>>Na, so langsam scheinst du ja wieder zu dir zu kommen. Den Kaffee kannst du später machen, ich glaube, ich brauch jetzt erst einmal was Starkes. Hast du keinen Tsipouro? So wie du aussiehst, doch mit Sicherheit! Das Alleinsein scheint dir nicht gerade gut bekommen zu sein. Ich glaube, ich muss mich mal wieder ein bisschen um dich und wahrscheinlich auch um das Hotel kümmern.<<

Gut, dass wenigstens einer, in dem Falle eine, von euch vernünftig ist. Tja, Klaus, sieht so aus, dass du ja wohl nochmal Glück gehabt hast! Reiß dich also bitte jetzt zusammen und hör dir an, was Kerstin geplant hat! Und bloß nichts mehr von Aphroditi! Dieser Name ist tabu! Für alle Zeiten! Verstanden?

>>Ja, Kerstin, kümmere dich um mich. Ich scheine ja ohne dich wirklich nicht zurecht zu kommen. Lass uns gemeinsam noch einmal von vorne anfangen! Ohne dich hat mir nichts mehr Freude gemacht, mit dir dagegen immer alles! Bitte bleib bei mir!

Mit diesen Worten schlagen wir das Kapitel zu. Das ist ja, so scheint´s, gerade noch einmal gutgegangen! Die beiden sind wieder zusammen, und wie es mit dem Hotel weitergeht, das wird die Zukunft zeigen.

Aus! Ende! Τέλος!